Bonjour!

Französisch-Kompakt:

Französisch lernen für Anfänger

Die wichtigsten Alltagssätze, Vokabeln und Grundlagen für Ihren Urlaub! (inkl. Audiodateien & Übungen)

CHLOÉ LAURENT

ISBN: 978-3-00-071583-9

Inhalt

Teil 1. EINLEITUNG

Was kann dieses Buch?

Wollten Sie schon immer einmal Französisch lernen? Dann kann Ihnen dieses Buch dabei helfen.

Das Buch richtet sich an Anfänger, die die Grundlagen der Sprache beherrschen wollen, Urlaub in einem französischsprachigen Land planen und sich dort sprachlich zurechtfinden möchten. In vielen Kapiteln stellen wir Wörter, Sätze und Redewendungen für bestimmte Situationen vor. Die einzelnen Kapitel bauen aufeinander auf.

Am besten lernen Sie Französisch, indem Sie es sprechen. In diesem Buch sind deshalb sehr viele Sätze, die Sie schnell anwenden können.

- Sie wollen nach dem Weg fragen?
- In Ihrem Hotel einchecken?
- Einen Tisch im Restaurant reservieren?

Dieses Buch hilft Ihnen dabei, genau das machen zu können.

Nach einigen Kapiteln gibt es kleine Übungsaufgaben, die das Lernen erleichtern und dabei helfen, die Sprache schneller zu lernen. Die Lösungen sind am Ende des Buches wiedergegeben.

In diesem Buch werden Sie immer wieder auf QR-Codes stoßen. Warum? Um Ihnen mit unserem Buch einen größeren Mehrwert bieten zu können, haben wir uns dazu entschlossen, zusätzlich zum Text noch weiteres Material mit einzubinden. Dieses zusätzliche Material sind Audiodateien, die Ihnen bei der Aussprache helfen. Zum Abrufen dieser Audiodateien können Sie die QR-Codes schnell und unkompliziert mit Ihrem Handy oder Smartphone scannen. Und so geht's: Sie öffnen einfach auf Ihrem Smartphone oder Ihrem Tablet die KameraApp und richten diese auf den QR-Code. Wenn Sie eine gute Internetverbindung haben, öffnet sich das Zusatzmaterial ganz automatisch.

Falls die Kamera-App auf Ihrem Smartphone die Funktion zum QR-Code scannen nicht hat, können Sie den Code alternativ auch mit einer QR-Scanner-App öffnen. Haben Sie Schwierigkeiten mit den QR-Codes umzugehen? Dann finden Sie am Ende des Buches einen kurzen Link, der Ihnen ebenfalls den Zugang zu allen Audiodateien ermöglicht.

Wir wünschen Ihnen viel Freude mit dem Buch!

Warum wollen Sie Französisch lernen?

Das ist eine wichtige Frage, die Sie für sich beantworten müssen – nur so bleiben Sie motiviert.

Sie planen Urlaub in Frankreich? Stellen Sie sich vor, wie erfüllend es ist, ein paar Wörter Französisch zu sagen – und verstanden zu werden.

Französisch ist eine der Sprachen der Zukunft. Chinesisch wird von mehr Menschen weltweit gesprochen, aber Französisch ist in Afrika eine sehr häufige Sprache. Afrika ist ein junger, aufstrebender Kontinent, die französische Sprache zu lernen ist modern und zukunftsorientiert.

Frankreich ist unser Nachbarland, wir haben eine lange Tradition und eine lange Geschichte zusammen.

Frankreich hatte großen Einfluss auf Deutsch, es ist die Sprache der Kultur, der Philosophie und der Aristokratie. Französisch ist eine Hauptquelle für Fremdwörter in Deutschland. Orientieren, präsentieren, priorisieren ...

Ist Französisch schwer zu lernen?

Ja, Französisch gilt als schwer, aber Französisch ist mittlerweile in der deutschen Sprache nicht mehr wegzudenken. Zahlreiche Wörter im Deutschen stammen ursprünglich aus Frankreich. Garage, Balkon, modernisieren --- Ebenso Redewendungen: Jedem Tierchen sein Pläsierchen (plaisir), C´est la vie. Peu à peu.

Französisch zu lernen soll nicht mühsam sein, Französisch zu lernen soll immer einen Aspekt von Leichtigkeit haben. Die Sprache klingt wunderschön, elegant, fließend – und sexy. Es ist die Sprache der Kultur, der Philosophie und der Bildung.

Tauchen Sie in die französische Sprache ein, das können Sie in Deutschland. Suchen Sie nach französischen Worten auf dem Bahnhof. Stellen Sie Ihr Handy auf Französisch um. Schauen Sie sich eine Müslipackung an, vielleicht sind die Inhaltsstoffe auf Französisch aufgelistet. Es gibt französische Radiosender, französische Filme mit Untertiteln, französische YouTube-Videos ... legen Sie los.

Geschichte ...

Die Geschichte Frankreichs ist so reich, dass es den Rahmen dieses Buches sprengen würde. Es gibt so viele bedeutende Politiker, Erfinder, Philosophen, Entdecker ... In dem folgenden Kapiteln beschränken wir uns auf ein paar herausragende geschichtliche Ereignisse.

Cäsar eroberte Gallien von 58 bis 52 vor Christus – alle Details finden sich in Asterix und Obelix.

Der erste westliche Kaiser des Mittelalters war Karl der Große. Im Jahre 800 zum Kaiser gekrönt, reformierte er die Verwaltung des Reichs.

Ludwig der XIV. (1638 – 1715) war ein absolutistischer König, über ihm gab es nur Gott. Er ging als Sonnenkönig in die Geschichte ein und ließ das berühmte Schloss Versailles erbauen.

Die Französische Revolution war eines der wichtigsten Ereignisse der europäischen Geschichte. Sie begann 1789, als die Bevölkerung am 14. Juli 1789 die Bastille stürmte, das berühmte Pariser Gefängnis. Der 14. Juli ist heute der französische Nationalfeiertag.

1793 wird Ludwig XVI. hingerichtet, unter der nun folgenden Terrorherrschaft der Jakobiner wurden Tausende hingerichtet.

1799 gelangte Napoleon Bonaparte (1769-1821) durch einen Putsch an die Spitze des Staates und beendete die Revolution. Er hatte es in kurzer Zeit vom einfachen Soldaten zum General geschafft und krönte sich 1804 selbst zum Kaiser.

Napoleon führte vielfältige Formen an, unter anderem den Code Civil, der bis heute im wesentlichen Teilen in Frankreich Gültigkeit hat. Wesentliche Inhalte waren: vor dem Gesetz ist jeder gleich, jeder Bürger ist frei, Kirche und Staat sind getrennt, der Schutz des Privateigentums ist garantiert. 1821 starb Napoleon in Verbannung auf der Insel Elba.

100 Jahre nach der Französischen Revolution baute Gustav Eiffel anlässlich der Weltausstellung in Paris seinen weltberühmten Turm. Heute besuchen sieben Millionen Besucher pro Jahr den Eiffelturm.

Innerhalb von hundert Jahren führten Frankreich und Deutschland drei Kriege. Der erste Krieg (1870-1871) endete mit einer Niederlage Frankreichs, am 18. Januar 1871 ließ sich Wilhelm I. im Spiegelsaal von Schloss Versailles zum Kaiser krönen.

Der erste Weltkrieg (1914 bis 1918) bleibt vor allem durch die fürchterliche Schlacht von Verdun in Erinnerung. In kurzer Zeit fielen auf beiden Seiten Hunderttausende Soldaten, ohne dass die Schlacht den Lauf des Krieges wesentlich beeinflusst hätte. Deutschland verlor den Krieg und unterzeichnete den Versailler Vertrag.

Die letzte kriegerische Auseinandersetzung zwischen Deutschen und Franzosen begann am 1. September 1939. Deutschland verlor den Krieg und wurde in vier Besatzungszonen eingeteilt, eine davon unter französischer Kontrolle.

Seit der Unterzeichnung des Elysee Vertrags am 22. Januar 1963 sind Deutschland und Frankreich Partner und Freunde. 2018 erneuerten Angela Merkel und Emmanuel Macron den Vertrag, der die Aussöhnung zwischen Deutschland und Frankreich besiegelte.

Ein paar Fakten ...

Nachfolgend einige Fakten über unser Nachbarland – auch hier wurde – notgedrungen – eine kleine Auswahl getroffen. Wenn Sie Französisch lernen, erfahren Sie noch viel mehr über unser wichtigstes Nachbarland.

Frankreich ist 550.000 Quadratkilometer groß, Deutschland 357.000 Quadratkilometer. Die Grenze zwischen den beiden Ländern ist 450 km lang. 2013 hatte Frankreich etwas weniger als 66 Millionen Einwohner, Deutschland knapp 82 Millionen Einwohner.

Mit 3.843 Milliarden Euro Wirtschaftsleistung (Stand 2020) ist Deutschland die viertgrößte Volkswirtschaft der Welt. Frankreich mit 2.624 Milliarden Euro die siebtgrößte.

Frankreich hat einen ständigen Sitz im Sicherheitsrat der Vereinten Nationen. Er wurde ihnen nach dem Zweiten Weltkrieg zuerkannt. Wie die anderen ständigen Mitglieder des Sicherheitsrates verfügt es über Atomwaffen. Deutschland und Frankreich waren die Initiatoren zur europäischen Einigung bis hin zur EU.

Der 14. Juli ist Nationalfeiertag in Frankreich (Fête nationale), Jahrestag des Sturms auf die Bastille 1789.

Paris ist Europas Stadt mit der höchsten Bevölkerungsdichte der Welt und die zweitteuerste Stadt auf dem Globus (nach Tel Aviv).

Wichtige Feiertage

1. Januar	Neujahr
Ostersonntag + 1 Tag	Ostermontag
1. Mai	Tag der Arbeit
8. Mai	Tag des Sieges
Ostersonntag + 39 Tage	Christi Himmelfahrt
Ostersonntag + 50 Tage	Pfingstmontag
14. Juli	Französischer Nationalfeiertag
15. August	Maria Himmelfahrt
1. November	Allerheiligen
11. November	Waffenstillstand
25. Dezember	Weihnachtsfeiertag

Reisen

Für viele Menschen ist der Wunsch in französischsprachige Länder zu reisen ein Antrieb, um Französisch zu lernen. Das ist eine sehr gute Idee, denn Frankreich ist ein wunderbares Reiseland. Noch schöner ist es, mit den Menschen ins Gespräch zu kommen oder in einem wundervollen, kleinen abgelegenen Restaurant bestellen zu können. Wir stellen Ihnen nachfolgend einige Reiseziele für Ihren nächsten Urlaub vor: Frankreich, Belgien, Schweiz und Kanada.

Das Elsass

Das Elsass ist eine sehr beliebte Urlaubsregion. Es liegt im Herzen Europas im Nordosten Frankreichs, mit Grenzen zur Schweiz und Deutschland.

Die Region ist klein (190 km lang und 50 km breit) und umfasst rund 8.000 Quadratkilometern mit 1,7 Millionen Einwohnern. Das Elsass lässt sich leicht erkunden und eine Reise ist äußerst lohnend. Es vereinigt zahlreiche verschiedene Landschaftstypen: herrliche Wälder, liebliche Täler, wunderschöne Ebenen und Berge.

Das Elsass besteht nicht nur aus einladenden Weinlandschaften, gemütlichen Weinstuben und malerischen Häusern, es ist auch eine moderne, selbstbewusste Region mit internationaler Ausrichtung. Vor allem Straßburg mit dem Sitz des Europäischen Parlaments ist heute eine fortschrittliche Industrie- und Verwaltungsstadt. Reich gesegnet mit Geschichte und Tradition ist der einzige Zankapfel zwischen Deutschland und Frankreich heute eine lohnenswerte Reise in die europäische Geschichte.

Viele Besucher finden den Weg ins Elsass wegen seiner kulinarischen Genüsse. Choucroute garni oder Tarte flambée (Flammkuchen), Munster (Münsterkäse) oder Baeckoeffe („Bäckerofen", ist ein elsässisches Eintopf-Gericht). Dazu gibt es berühmte Süßigkeiten wie Gugelhupf und Tarte de Pommes (Apfeltarte). Und zu jedem Essen wachsen die passenden Weine vor der Haustüre.

Lieben Sie Märkte? Dann versäumen Sie nicht den Markt von Mulhouse, er ist eine Welt für sich. Lebensmittel in Hülle und Fülle: Fangfrischer Fisch und Muscheln neben herrlichem Käse. Regionale Ernte neben exotischen Früchten oder wundervollen Kräutern wie Koriander und Pfefferminze. Der Markt ist ein bunter Mix von Kulturen und Sprachen – wie ein Basar im Orient. Dekorative Stoffe, orientalische Teekannen – ein Erlebnis für alle Sinne.

Im Elsass finden Sie hinreißende, urige Städte und kleine Ortschaften. Riquewihr (Reichenweier) gehört mit seinem unversehrt erhaltenen Stadtbild aus dem 16. Jahrhundert zu den schönsten Dörfern Frankreichs. Die Altstadt mitsamt Befestigungsanlage ist komplett erhalten. Gepflasterte Straßen im Sommer mit Blumen und kleinen Cafés sind entzückend. Die Hauptstraße ist allerdings sehr voll, die Seitenstraßen sind ruhiger und mindestens genauso malerisch.

Auch in kleinen Orten gibt es Kostbarkeiten zu entdecken. Rosheim in der Nähe von Colmar ist bekannt wegen seiner romanischen Häuser. Die Pfarrkirche St. Peter und Paul ist ein Highlight für Liebhaber romanischer Kirchen. Im schlichten Inneren befinden sich herrliche, kunstvoll gearbeitete Säulenkapitelle.

Und Colmar, nach Straßburg und Mühlhausen die drittgrößte Stadt im Elsass, dürfen Sie nicht verpassen. Colmar liegt an der Elsässer Weinstraße und nennt sich selbst Hauptstadt der elsässischen Weine. Hier können Sie sehr gut essen und trinken und Colmar selbst ist absolut sehenswert.

Hier gibt es Häuser aus sechs Jahrhunderten, in der Altstadt sind unzählige Bürgerhäuser aus dem Mittelalter und der Renaissance erhalten. Das Pfisterhaus von 1537 gehörte einem reichen Hutmacher namens Ludwig Scherer. Er wurde übrigens nicht mit Hüten reich, sondern mit Silberhandel. Das Kopfhaus im Renaissance-Stil (1609) heißt so, weil 106 Köpfe und Masken an der Fassade angebracht sind.

Ein Kaufhaus errichtet 1480 – alles steht hier auf engstem Raum zusammen. Hier ist auch das Geburtshaus von Auguste Bartholdi, der die Freiheitsstatue von New York erschuf.

Neben Altstadt, Wein und Baeckoeffe bietet das Elsass viele Sportmöglichkeiten. Reiten, Kanufahren, Mountainbiken und fast 2.000 km Rad- und Wanderwege – das Elsass ist für Jung und Alt. Im Winter stehen in die Skigebiete in den Vogesen zur Verfügung für Langlauf und Schlittenfahren.

Die Côte d'Azur – Frankreichs blaue Küste

Die Côte d'Azur gilt als die französische Riviera. Ein schmaler Landstrich am Mittelmeer zwischen Monaco und St. Tropez. Jedes Jahr kommen die Reichen und Schönen zu der atemberaubend schönen Kulisse. Die Küste verdankt ihren Namen dem französischen Philosophen Stéphen Liégard. Er war begeistert von dem einmaligen leuchtenden Blau und taufte Ende des 19. Jahrhunderts die bis dahin namenlose Küste la Côte d'Azur.

Viele Orte an der Côte d'Azur sind einen Besuch wert. Nizza ist nur eine Perle von vielen. Die verwunschene Altstadt mit ihren vielen Gassen, die Promenade des Anglaise mit prachtvollen Hotels und schönen mediterranen Gebäuden oder der Hafen mit vielen kleinen Restaurants. Für jeden Geschmack gibt es das richtige Restaurant. Probieren Sie im Juni Fleur de Courgette (Zucchiniblüten, frittiert oder gefüllt) oder La Socca, eine mediterrane Spezialität: Pfannkuchen aus Kichererbsenmehl, gewürzt mit Koriander, Kreuzkümmel und Pfeffer.

Tag und Nacht spürt man das einzigartige Lebensgefühl, die Leichtigkeit und die Joie de vivre, die die Region vor über hundert Jahren berühmt machte. Gebadet wird das ganze Jahr in der Engelsbucht, der Baie des Anges, der 18 km lange Strand soll einer der schönsten Stadtstrände der Welt sein.

Vor Nizza wird das Meer schnell sehr tief, vielleicht kommt daher das wunderbare Blau. Die Straße zwischen Monaco und Nizza am Meer entlang mit ihren viele Kurven ist für jeden Autofahrer ein Muss.

An Nizza schließt sich im Osten die Halbinsel Cap Ferrat an. Ein Ort mit sündhaft teuren Bauten und dem exklusiven Grandhotel von Cap Ferrat. Hier waren Aristoteles Onassis, Tina Turner und Robin Williams zu Gast. Die Villen am Cap gehören seit über 100 Jahren den jeweils reichsten ihrer Zeit. Ob Zarenfamilie oder alter englischer Adel, ob neureiche Russen oder arabische Scheichs – sie alle liebten und lieben das Meer vor sich und die Seealpen hinter sich.

Die Côte d'Azur sind nicht nur luxuriöse Jachten und mondäne Hotels, sondern auch viele romantische Orte. Fahren Sie nach Villefranche-sur-mer, ein kleines Städtchen zwischen Nizza und dem Cap Ferrat mit der weltberühmten Cocteau-Kapelle und ihren Fresken. Hier isst man köstlichen fangfrischen Fisch: Goldbrassen, kleiner weißer Thunfisch, sämtliche Mittelmeerfische, auch Langusten oder Hummer. Dichter haben Elogen auf Sonne und den Süden geschrieben.

Neben Staatsmännern und Filmstars trafen sich immer Künstler an der Côte d'Azur. Zwanzig Kilometer weiter im Hinterland liegt Saint-Paul-de-Vence mit dem Hotel und Restaurant Colombe d'Or. Es war von jeher ein Treffpunkt von

Malern. Matisse, Chagall, Fernand Leger und viele andere verkehrten hier. Pablo Picasso verbrachte den Sommer an der Côte d'Azur. 1948 zog er aus Paris ganz in den Süden, nach Vallauris. Mitten im Ort steht eine Arbeit aus Keramik von Picasso, Mann mit Schaf.

Viele andere Orte an der Cote d´Azur sind einen Besuch wert. Saint Tropez mit kleiner, schöner Bucht und dem Strand Pampelonne mit der berühmtesten Strandbar der Welt.

Fahren Sie mit einem Boot an den Calanques entlang, schöne Felsen an der Cote d'Azur von Marseille bis Cassis. Der Nationalpark bietet traumhafte Buchten mit kristallklarem Wasser, die zum Schwimmen einladen.

Die Stadt Paris und ihre Sehenswürdigkeiten

Paris ist die Stadt der Mode, der Liebe und der Lebensfreude. Autofahren ist sehr schwierig, das Metronetz ist sehr komplex. Inzwischen sind überall Mietfahrräder verfügbar. Erkunden Sie die Stadt mit dem Fahrrad, entdecken Sie die zahllosen Gebäude, Museen und historischen Plätze.

Paris ist eine Schnecke aus Arrondissements. Arrondissements sind verschiedene Verwaltungsbezirke, insgesamt sind es zwanzig. Diese Verwaltungsbezirke sind spiralförmig von innen nach außen durchnummeriert. Der Eiffelturm steht beispielsweise im siebten Arrondissement. Die Champs-Élysées liegt im achten und die Kirche Sacré-Coeur im 18. Bezirk. Der Louvre befindet sich im ersten Bezirk. Er ist eines der zahlreichen Kunstmuseen in Paris und begeistert mit seiner außergewöhnlichen Architektur. Der Louvre beherbergt das berühmteste Lächeln der Welt, die Mona Lisa. Spektakulär ist das Neue Museum der Kunst im Bois de Boulogne. Nicht nur Kinder finden die moderne Architektur aus Glas überwältigend. Die Sammlung der hochkarätigen Kunst des Stifters ist einzigartig. Das Museum wurde der Stadt Paris geschenkt von Bernard Arnault. Er ist Chef des Luxusimperiums Louis Vuitton und einer der reichsten Männer der Welt.

Im Viertel Montmartre spiegelt sich das typische Pariser Flair wider. Wunderschön liegt Sacré-Coeur über den Dächern von Paris. Vormittags ist das Viertel nicht so überlaufen. Schauen Sie sich die Porträtzeichner am Place du Theatre an. Jeder hat seinen eigenen Stil. Zum Mittagessen gehen Sie zum Markt des Enfants rouge. Es ist der älteste Markt Paris und einer der besten. Benannt ist er nach dem ehemaligen Waisenhaus und den Waisenkindern in roter Uniform. Hier gibt es Gerichte aus aller Herren Länder. Libanesisch, karibisch, vietnamesisch oder marokkanisch. Superbon.

Paris sind die charmanten kleinen Viertel. Schlendern Sie durch die Rue Daguerre mit ihren vielen kleinen Lebensmittelgeschäften. Die Straße ist ein Mikrokosmos mit Läden für Käse, Backwaren oder Fisch. Trinken Sie einen Kaffee am beschaulichen Kanal St. Martin. Filmfans kennen ihn aus Krimis oder auch aus "Die fabelhafte Welt der Amelie". Einen ganz anderen Eindruck von Paris bekommen sie in La Défense. Das moderne Hochhausviertel liegt westlich der Stadt. Die Silhouette der größten Bürostadt Europas mit ihren glitzernden Wolkenkratzern erinnert an Manhattan. Der Grande Arche soll das Tor zur Welt symbolisieren. Er ist breiter und höher als Notre Dame und bietet direkten Blick auf den Arc de Triomphe.

Das Schloss Versailles liegt nur eine halbe Stunde von der Pariser Innenstadt entfernt. Planen sie einen halben Tag für den Besuch ein. Die Gebäude sind fantastisch. Wandeln Sie in der riesigen Gartenanlage auf Marie Antoinettes Spuren. Überall gibt es Musik und Wasserspiele.

Die Provence

Die Provence ist eine Region voll Sonne, Farben und atemberaubenden Landschaften. Im Departement Vaucluse bieten die Dentelles de Montmirail einen erstaunlichen Anblick mit ihren scharfkantigen Kämmen. Diese Kalksteinkämme sind bis zu 100 Meter hoch, kein Kletterfreund kann widerstehen.

Die dichte Bewaldung weicht nach und nach Obst- und Weinanbau. Das kleine Barroux ist eine Station wert. Wie viele Dörfer der Provence schmiegt sich das Örtchen an seine alte Burg, die seit dem 12. Jahrhundert von ihrem Felsen aufragt, weithin sichtbar in der wunderschönen Landschaft.

Majestätisch überragt der Mont Ventoux, der Riese der Provence, die Tiefebene von Carpentras. Die Flora auf seinen Hängen ist großartig, reich und vielfältig, der Berg als Biosphärenreservat geschützt.

Im Südosten von Vaucluse, im Gebiet Luberon, gibt es eine bemerkenswerte Ansammlung alter, sanierter Häuser, die auf Terrassen unterhalb der Burg stehen. Das Chateau de Lacoste erinnert an den Marquis de Sade, der dort im 18 Jahrhundert lebte. Die Häuser passen perfekt in die romantische, friedliche Umgebung.

Wunderschön ist auch das sogenannte Colorado der Provence, eine Landschaft wildromantischer Schönheit. Die Schluchten alter Steinbrüche stimmen eine Symphonie der Farben an, von blutrot bis leuchtend gelb. Hier ist das Land des Ockers. Die leuchtenden Farben wurden bereits in den ersten Felsmalereien der Urmenschen verwendet.

In Roussillon befindet sich Okhra, ein Konservatorium für Ocker und ähnliche Pigmente. Führungen und Workshops werden angeboten.

Bei Saint-Rémy- de-Provence befindet sich Glanum, eine archäologische Grabungsstätte, die zu Zeiten von Augustus des 1. Römischen Kaisers eine blühende Stadt war. Ursprünglich wurde das gallische Oppidum, eine Schanzanlage, um eine heilige Quelle gebaut. Man findet dort auch Bauten im griechischen Stil, inspiriert vom antiken Massilia, dem heutigen Marseille.

Die Bergkette der Alpilles erinnert an Griechenland und seine filigranen Berge. Mit ihren Tälern bilden sie eine sonnendurchflutete Landschaft. Der Höhepunkt des Massivs: Baux-de -Provence. Die Burg aus dem 13. Jahrhundert scheint in ihrer bizarren Erscheinung mit dem Steilfelsen zu wetteifern. Genießen Sie diese bühnenreife Kulisse.

Auf den Hängen der dem Mittelmeer zugewandten Seite der Alpilles dominiert der Olivenanbau.

Nicht weit entfernt erstrecken sich die Süßwasserflächen der Camargue. Die Rhone und das Meer fließen hier ineinander und bilden mit den Salzsteppen und -teichen große Naturschutzgebiete. Ein Merkmal dieses Rhone-Deltas sind die Teichlandschaften mit ihren Lagunen. Der rosa Flamingo ist der berühmteste Vogel, der in der Camargue Station macht. Hier gibt es viele Hundert Arten, die Camargue ist eines der größten Vogelbrutgebiete Europas.

Das sind nur einige der Highlights der Provence. Wunderschöne Landschaften, köstliches Essen und die Gastfreundschaft machen diesen Teil Frankreichs zu einem sehr beliebten Urlaubsziel. Atemberaubend ist die Schlucht von Verdon. Oder besuchen Sie den traumhaft angelegten Park Rayol, der in Lavandou an der Corniche alle Arten der Mittelmeervegetation auf engem Raum bietet.

Die Provence ist – mindestens – eine Reise wert. Vor allem in den etwas abgelegenen Orten werden Ihre neu erworbenen Französischkenntnisse Ihnen helfen, mit den Menschen in Kontakt zu kommen. Die Franzosen sind stolz auf ihre schöne Sprache und freuen sich über jeden, der sie spricht.

Die Bretagne

Frankreichs Wilder Westen fasziniert durch seine Gegensätze. Wilde Natur, magische Orte, außergewöhnliche Spezialitäten und sehr sympathische, eigenwillige Bewohner.

In der Bretagne findet täglich ein imposantes Naturschauspiel statt, denn hier gibt es die stärksten Gezeiten der Welt. Vor allem an der Nordküste ist der Wechsel von Ebbe und Flut extrem, vierzehn (!) Meter hoch weicht das Meer zurück und hinterlässt zweimal am Tag eine karge Wattlandschaft. Hier wird eine der typischen Sportarten der Bretagne ausgeübt, das Strandsegeln. In der Bucht des Mont-Saint-Michel an der Nordküste der Bretagne werden Kurse angeboten, wie man mit den kleinen Booten mit über 100 Stundenkilometern den Strand entlangflitzt. Das Ganze vor der monumentalen Kulisse des Klosterbergs Mont Saint Michel, ein UNESCO-Weltkulturerbe. Überhaupt sind die windreichen Küsten ein Paradies für Segler. Daher ist auch der blau-weiße Ringelpulli, ein typisches bretonisches Kleidungsstück, da man so die über Bord gegangenen Matrosen im Wasser leichter erkennen konnte.

Oder begleiten Sie einen Austernzüchter zu seiner täglichen Arbeit. In der Bretagne leben die Menschen am, mit und vom Meer. Im Golf de Morbihan (ein Binnenmeer an der Südküste der Bretagne) werden Austern gezüchtet. Die Austernzucht hat eine lange Tradition, begonnen wurde sie im 19. Jahrhundert. Austern lieben die Gezeiten, die frisches, nährstoffreiches Wasser vom Atlantik in den Golf spülen. Fast 50 % der französischen Austern werden in der Bretagne produziert. Ausgerüstet mit Gummihose und Gummistiefel geht es zwischen die Austernbänke, sie dürfen die Schalen abschlagen, die Austernsäcke wenden und zur Belohnung gibt es an Bord fangfrische Austern.

Unternehmen Sie einen Bootsausflug in Frankreichs erstem und einzigem Marine-Naturpark. Er liegt beim Departement Finistère, dem westlichsten Festland Frankreichs. Das Meer von Iroise ist nicht sehr groß, für Seefahrer war und ist es eines der gefährlichsten der Welt. Das liegt an den extremen Strömungen – immense Wassermassen, die sich kaum erwärmen, werden von den Gezeiten bewegt.

Finistère nannten die Römer übrigens "das Ende der Welt": Die Insel Quessant markiert den äußersten Punkt Frankreichs. Die Küste der Bretagne ist eine der gefährlichsten der Welt. Nirgends gibt es so viele Leuchttürme wie hier, ein Drittel der stillen Wächter Frankreichs stehen in der Bretagne und noch immer navigieren sie Schiffe in den sicheren Hafen. Besuchen Sie eine Führung zum Phare du Stiff. 1695 erbaut, ist er der älteste Leuchtturm der Bretagne. Beobachten Sie hoch oben auf der Balustrade das Erwachen der Leuchttürme in der Dunkelheit.

Das kalte Wasser ist sehr nährstoffreich, deshalb gibt es hier eine einmalige Biodiversität. In dem 3.500 Quadratkilometer großen Meer-Naturpark leben allein ein Viertel der Meeressäugetiere der französischen Küsten. Darunter viele Kegelrobben und Delfine. Diese Tiere bezaubern, faszinieren und sind ein Highlight jeder Bootstour.

Oder fahren Sie nach Carnac und bestaunen Sie ein bis heute ungelöstes geschichtliches Rätsel. Die Bretagne war einst das Land der Kelten, ihre Spuren aus der Vergangenheit finden sich noch heute. Nirgendwo auf der Welt sind Menhire (Hinkelsteine) so zahlreich und alt wie in Carnac, im Südosten der Bretagne. Die über dreitausend Steine werden auf über sechstausend Jahre geschätzt. Zu welchem Zweck sie einst aufgestellt wurden, darüber rätselt man bis heute.

Pittoreske Hafenstädte, rosa Granitfelsen, raue Klippen und goldgelbe Strände. Die Vielfalt der Landschaft ist einzigartig, ein Urlaub in der Bretagne bietet schier endlose Möglichkeiten. Rennes, die Hauptstadt der Bretagne, ist eine pulsierende internationale Universitätsstadt – vor schöner mittelalterlicher Kulisse. Das eigene Parlament der Stadt ist steinernes Zeugnis bretonischer Dickköpfigkeit.

Das grüne Herz der Stadt ist der Park du Thabor. Die Gartenanlage ist Oase der Ruhe und wunderschön angelegt, mit Blumenbeeten, Bäumen, Rasenflächen und Wasser.

Versäumen Sie nicht die zahllosen kulinarischen Gaumenfreuden. Der Marché des Lices mit über 300 Standanbietern ist ein Tempel bretonischer Köstlichkeiten. Seit dem 15. Jahrhundert bieten Produzenten aus der Umgebung Wurst, Käse, Gemüse und Obst an. Dazu Cidre, den die Bretonen lieber trinken als Wein. Probieren Sie eine Galette, die Buchweizenpfannkuchen sind die herzhafte Variante von Crêpes.

Lassen Sie Ihren Urlaub ausklingen mit einem Abend an der rosa Granitküste, der Cotè de Granit Rose. Es ist ein magischer Ort, nur in diesem Abschnitt gibt es die rötlich schimmernden, bis zu 35 m hohen Felsen. Die fantastischen Felsformationen leuchten besonders herrlich bei Sonnenuntergang.

Belgien

Brüssel. Die Metropole Belgiens lebt und liebt ihre Eigenarten. Die Stadt, die als Wahrzeichen ein nacktes Männchen – Manneken Pis – zu ihrem Wahrzeichen erkoren hat, überrascht immer wieder. Mal königlich kolossal, mal überraschend und dann wieder ganz Weltstadt. Die bunten Comics, die überall die Hauswände zieren, gehören zur belgischen Lebensart. Die Brüsseler lassen sich überallhin von ihren fantastischen Helden begleiten.

Das Herzstück Brüssels ist der Grande Place. Die schönste Bühne der Welt – oder die gute Stube, wie der historische Marktplatz auch genannt wird. Die gotische und barocke Pracht rund um den Platz überwältigt den Besucher.

Brüssel erfreut mit Baukunst, soweit das Auge reicht. Es ist die bunte Mischung einer prallen Geschichte – Spanier, Österreicher, Franzosen oder Niederländer jeder herrschte einmal über das kleine Belgien. Aber Belgien triumphierte. Jetzt ist das ehrwürdige Quartier Leopold in eine Bürostadt verwandelt. Hier schlägt das Herz der EU, hier leben und arbeiten die Beamten, Dolmetscher, Sekretäre und Lobbyisten.

Der Antiquitätenmarkt auf dem Grand Sablon ist ein Paradies für Sammler und Liebhaber. Der Sablon ist nicht nur für seine Antiquitäten bekannt, sondern auch für seine Cafés und edlen Pralinengeschäfte. Hier finden Sie alles vom Traditionschocolatier bis hin zum Schokoladen-Designer. Genießen Sie Aromen edelster Kakaosorten, kombiniert mit leicht gesalzenen Nüssen oder dem säuerlich herben Geschmack von Trockenfrüchten. Belgische Schokolade ist weltberühmt, die Kreationen bieten Geschmack pur und sind zum Anbeißen schön.

Belgisches Nationalgetränk war und ist das Bier, es machte die Gilde der Bierbrauer zu eine der reichsten Belgiens. In ihrem herrschaftlichen Zunfthaus ist noch heute das Brauereimuseum untergebracht.

Es gibt in Belgien über 1.000 Biersorten. Drei Sorten Bier gibt es nur in Brüssel. Spontan gärendes Bier (Bier ohne Hefe) nennt man Lambic. Es ist die Vorstufe des Brüsseler Champagner, der zweiten Biersorte, eine Bierspezialität aus Lambicsorten verschiedener Jahrgänge. Abgefüllt in Sektflaschen mit echtem Korken und zwei Jahre lang gelagert. Die dritte Bierspezialität sind Fruchtbiere. Hier werden dem Lambic z. B. Sauerkirschen hinzugefügt. Sie gären mit im Bier, Ergebnis ist ein rötliches Bier, das nach Kirsche schmeckt.

Ein Bier-Wochenende lässt sich gut mit einem Bootsausflug, Wanderungen oder einer Radtour entlang der Maas verbinden. Ein besonders schmuckes Städtchen an der Maas ist Dinant. Die schmalen Gassen, die Kneipen und Cafés haben einen einzigartigen Charme.

Die Abtei Leffe in Dinant steht ebenfalls für eine bekannte Biermarke. Machen Sie eine Führung und lassen sich von dem Abt etwas über das Bier erzählen.

Für Familien und Naturliebhaber ist das Naturreservat bei Han-sur-Lesse wie ein unberührtes Paradies. In Europa heimische Arten (Damhirsche, Rehe) streifen frei durch das Tal. Tarpans und Auerochsen wurden rückgezüchtet. In Gehegen leben heimische Raubtiere wie Wolf, Bär und Wildkatze. Fahren Sie in einem offenen Bus durch den Park. An ausgewählten Stellen können Sie aussteigen, die Tiere fühlen sich nicht gestört.

Lüttich liegt links und rechts der Maas. Die Stadt ist das Zentrum der geschrumpften Stahlindustrie und die Hauptstadt der Wallonie. Lüttich ist die Stadt der Arbeiter und Studenten und ein Ort ohne Showeffekte. Das Nachtleben ist jedoch nicht zu verachten, die Lütticher verstehen zu feiern.

Lüttich ist das erklärte Ziel von Antiquitätensammlern, denn in der Altstadt gibt es zahlreiche Antiquitätenläden. Der historische Stadtkern entzückt den Besucher mit hinreißenden kleinen Läden. Hier können Sie lebensnotwendige Dinge wie 20 verschiedene Spülbürsten erstehen.

Am Quai de Maas lockt jeden Samstag der Flohmarkt Marché de la Batte mit einem verführerischen Angebot aus Kuriositäten, Raritäten und Schund. Der traditionsreiche Markt zieht auch Besucher aus Aachen und Köln an.

Ein weiteres Highlight in Belgien ist die Küstentram (kusttram), die an allen Seebädern Belgiens vorbeifährt. Sie braucht zwei Stunden zwanzig Minuten für die 67 km zwischen Frankreich und Holland. Sie dürfen ein- und aussteigen, wann und wo Sie wollen. Die Bahn ist sehr beliebt bei Touristen (auch bei den Belgien selbst). Sie startet in de Panne an der französischen Grenze und endet im Seebad Knokke nahe Holland.

1885, als die ersten Badegäste aus Brüssel und Antwerpen an die belgischen Nordseestrände kamen, wurde mit dem Bau der Küstenbahn begonnen. Die ersten Wagen zwischen Oostende und Nieuwpoort wurden noch von Pferden gezogen. 1912 wurde die Elektrifizierung finanziert von einem reichen Industriellen. Eine technische Meisterleistung, die die Seebäder enorm begünstigte.

Nicht zu verachten: Viele Ausländer finden das Französisch in Belgien leichter verständlich ist, als das Französisch in Frankreich.

Die französische Schweiz

Die französischsprachige Schweiz wird als Romandie bezeichnet und besteht aus den Kantonen Genf, Jura, Neuenburg und Waadt. Hier ist Französisch die Amtssprache. Die Kantone Bern, Freiburg und Wallis sind zweisprachig. Mit zwei Millionen Einwohner stellt die Romandie ein Viertel der Gesamtbevölkerung der Schweiz. Genf ist die zweitgrößte und Lausanne die viertgrößte Stadt des Landes.

Am Nord- und Ostufer des Genfer Sees liegt einer der größten Kantone der Schweiz, der Kanton Waadt (auch Genferseegebiet genannt). Der Kanton bietet alles, was man sich unter der Schweiz vorstellt: schneebedeckte Berge, Seen, beschauliche Dörfer, große moderne Städte und schöne historische Bauten.

Das Schloss Chillon ist mit 350.000 Besucher pro Jahr das meistbesuchte historische Gebäude der Schweiz. Die Burg wird in historischen Quellen im Jahr 1005 zum ersten Mal genannt. Eine richtig schöne trutzige Burg und sehr schwer einzunehmen. Berge und Wasser umgeben sie, ein zehn Meter breiter Wassergraben trennt die Burg vom Festland. Im 18. Jahrhundert ging Schloss Chillon in den Besitz des Kantons Waadt.

Seit jeher ist der Genfersee von großer wirtschaftlicher Bedeutung für die Großregion - als Verkehrsweg und als Nahrungsquelle. Probieren Sie in Nyon den fangfrisch zubereiteten Bärsch, einen Flussbarsch aus dem Genfer See. Als Vorspeise gibt es Malakoff, frittierte Käsekugeln. Eine Spezialität aus der Region zwischen Nyon und Rolle und nicht mit der gleichnamigen Torte aus Österreich zu verwechseln! Malakoffs brachten Schweizer Soldaten aus dem Krimkrieg (die Erstürmung des Ford Malakow) mit nach Hause.

Den passenden Wein zu jedem Gericht bekommt man ebenfalls im Genferseegebiet. Die Region bietet 28 AOC Weine aus sechs Anbaugebieten, das bekannteste ist Lavaux. Die ungewöhnlich steilen Weinterrassen sind über 2.000 Jahre alt und UNESCO-Weltkulturerbe. Die Steinterrassen speichern die Sonnenwärme, dazu kommt die Reflexion durch den See. Das Ergebnis sind sehr spezifische Weine aus ganz speziellen Rebsorten. Ein Beispiel ist der Chasselas eine 2.500 Jahre alte einheimische Rebsorte. Auf Deutsch heißt sie Gutedel und ist sehr lecker zu Fisch, Fleisch und Raclette.

Der Genfer See hat schon immer die Reichen und Schönen angezogen. Freddie Mercury lebte in Montreux. Charlie Chaplin zog 1952 in das Manoir de Ban in Corsier-sur-Vevey, weil er in der McCarthy-Ära verdächtig wurde. Dort lebte er 25 Jahre bis zu seinem Tod. Sein ehemaliges Wohnhaus ist in ein großartiges Museum Chaplins World umgebaut worden.

Die Kantonshauptstadt des Waadt ist das am Nordufer des Sees gelegene Lausanne. Lausanne ist mit 140.000 Einwohnern die größte Stadt im Genferseegebiet und das wirtschaftliche Zentrum. Mehr als ein Drittel der Bewohner sind Ausländer, das gibt der Stadt ein internationales Flair. Herausragendes Bauwerk ist die Kathedrale Notre Dame. Der ehemalige Bischofssitz ist heute die Hauptkirche der reformierten Kirche von Lausanne.

Das alte Hafenviertel ist ebenfalls einen Besuch wert: Lagerhäuser sind jetzt zu modernen Lofts, zu hippen Restaurants und teuren Geschäften umgebaut.

Wer Spaß an Uhren hat, muss in das Vallée de Joux. Hier sitzen die großen Hersteller, die Manufakturen, die Luxusuhrenhersteller. Das Tal liegt im Norden des Kantons Waadt, im Schweizer Jura. Statten Sie dem Espace horloger, dem Uhrenmuseum, einen Besuch ab. In diesem Museum können Sie nicht nur wunderschöne Uhren besichtigen. Sie können sogar einem Uhrmacher bei seiner faszinierenden Arbeit mit kleinsten Teilchen zuschauen.

Das Diablerets Massiv erreicht über 3.200 m. Sie kommen fast bis ganz nach oben mit der Seilbahn zur Bergstation Glacier 3000. Hier gibt es eine 107 m lange Hängebrücke. Bergab fahren Sie im Alpine Coaster, der höchsten Sommerrodelbahn der Welt. Es ist nie gefährlich, aber schnell und aufregend.

Und natürlich sollten Sie Genf und eines seiner Wahrzeichen, die 140 m hohe Wasserfontäne, nicht vergessen. Genf ist eine Stadt mit hoher Lebensqualität – der See vor der Haustüre, die Berge nicht fern.

In der Altstadt spürt man Genfer Geschichte. Von hier aus verbreitete sich der Geist der Reformation in die ganze Welt. Das internationale Reformationsdenkmal mit John Calvin, Guillaume Farel, Theodor de Baize und John Knox erinnert daran.

Der französischsprachige Teil der Schweiz ist wunderschön, wird aber von den Deutschen nicht so angenommen wie die Deutschschweiz oder das Tessin. In der Romandie trifft man ein sehr internationales Publikum: Asiaten, Briten, Franzosen und demnächst auch Sie, denn Sie lernen Französisch.

Französisch Kanada

Das französischsprachige Quebec ist die größte Provinz Kanadas und liegt an der Ostküste. Eine Reise durch Quebec entlang des gewaltigen Sankt-Lorenz-Stroms führt in unberührtes Hinterland und pulsierende Metropolen mit warmherzigen, weltoffenen Bewohnern.

Beginnen Sie Ihre Reise in der Millionenmetropole Montreal und führt über die Hauptstadt Quebec City. Auf der Nordseite des Stroms geht es nach Tadoussac. Dort überqueren Sie den gigantischen Strom und fahren auf der Halbinsel Gaspésie nach Percé.

Montreal liegt am Sankt-Lorenz-Strom, nach Vancouver ist es die zweitgrößte Hafenstadt. Vieux-Montreal – direkt am Ufer – ist der älteste Stadtteil mit einigen schönen Kolonialbauten. Hier spricht man Französisch. Obwohl Kanada schon lange zum British Commonwealth gehört, pflegen die ehemals französischen Kolonien ihr gallisches Erbe.

Auf der Nordseite des St. Lorenz Stroms reisen Sie in Richtung Quebec City.

In der Sprache der einheimischen Algonkin-Indianer bedeutet Quebec: Dort, wo sich der Fluss verengt. In Quebec City verbinden Fähren die Altstadt von Quebec mit dem gegenüberliegenden Ufer. Vom Wasser aus haben Sie den besten Blick auf die Ober- und Unterstadt mit ihrer Festungsmauer.

Wenn Sie durch die engen Gassen der Unterstadt bummeln, fühlen Sie sich in die Bretagne oder die Normandie versetzt. In der reicheren Oberstadt liegt die quirlige Geschäftsmeile mit zahlreichen Restaurants und Bistros. Französische Einflüsse sind überall präsent. Französischer als Quebec City ist keine Stadt des Kontinents.

Pure Naturgewalt türmt sich gleich hinter der Hauptstadt auf: Hier stürzen die Wassermassen des Flusses Montmorency in einem atemberaubenden Schauspiel 83 m in die Tiefe und vereinigen sich im Tal mit dem Sankt-Lorenz-Strom. Der Wasserfall ist 30 m höher als die Niagarafälle.

Weiter Richtung Nordosten beherrscht der gewaltige Sankt-Lorenz-Strom die Szenerie. Die Route du Fleuve (Straße des Flusses) bietet spektakuläre Ausblicke. Sie gilt als eine der schönsten Panoramastraßen von Nordamerika.

Sie kommen an dem kleinen Ort Baie-Saint-Paul vorbei. Mehr als 100 Künstler haben sich mit ihren Ateliers und Galerien zwischen Baie-Saint-Paul und Tadoussac niedergelassen.

Wenige Kilometer landeinwärts befindet sich eines von der UNESCO geschützte Biosphärenreservat, zu dem der Parc National des Grands Jardins gehört. Unter Anleitung eines Guides können Sie in den Felsen klettern.

Bei Tadoussac versammeln sich in den Sommermonaten bis zu 13 verschiedene Walarten. Auf Bootsausflügen können Sie die Meeressäuger hervorragend beobachten.

Gaspésie bedeutet in der Sprache der Indianer das Ende der Welt. Im äußersten Nordosten der Provinz Quebec liegt das kleine Dorf Percé. Machen Sie eine kleine Bootstour zum Roche Percé. Der Koloss aus Kalkstein ist 375 Millionen Jahre alt und das Wahrzeichen der Halbinsel Gaspésie.

Weil das Meer – und auch der Fluss – an vielen Stellen tückisch sind, reihen sich auf der Insel Gaspésie zahlreiche Leuchttürme aneinander. Steigen Sie auf den Phare a-la-Renommée und genießen Sie das unendliche Blau des Meeres. Hier endet Ihre Reise durch die größte Provinz Kanadas, eine Region reich an Geschichte und landschaftlicher Schönheit.

Fakten, Slangs und Dialekte

Es gibt viele Fakten über die französische Sprache, einige haben wir zusammengestellt.

- In der französischsprachigen Welt gibt es zahlreiche Dialekte. Die Franzosen sprechen anders als die Belgier. Der Dialekt der Kanadier ist anders als der Dialekt der Schweizer. Der Kongo spricht anders als der Senegal und weitere afrikanische Länder. Allein in Frankreich gibt es 28 regionale Sprachen und Dialekte – das Elsass, die Nord-Picardie oder die Normandie sind Beispiele.
- Die Silbenverdrehung ist ein sprachliches Phänomen, das die Franzosen Verlan nennen. Das ist die Silbenverdrehung von l'envers (aus verslen wird verlan). Diese Jugendsprache kennt jeder in Frankreich – wenn auch nicht jeder sie versteht.
- Im Jahr 2008 wurde Französisch von fast 280 Millionen Muttersprachlern gesprochen.
- Französisch zählt zu den zwölf Weltsprachen.
- Kinshasa (Hauptstadt der Demokratischen Republik Kongo) ist die zweitgrößte Stadt, in der französisch gesprochen wird – nach Paris, vor Montreal und Brüssel.
- Französisch hat etwa eine Million Wörter, ca. 20.000 Wörter werden jedes Jahr neu erfunden.
- Französisch wird offiziell in über 30 Ländern gesprochen.
- Neben Frankreich und den überseeischen Gebieten wird in 14 Ländern französisch gesprochen, darunter viele afrikanische Länder wie Burkina Faso, Kongo oder die Elfenbeinküste.
- In anderen vielen Gebieten ist Französisch eine der Amtssprachen: Schweiz, Kanada, Ruanda oder die Seychellen.
- In vielen Ländern spielt Französisch eine wichtige (inoffizielle) Rolle, wie beispielsweise in Brasilien oder dem Libanon.

Teil 2. Grundlagen

Das Alphabet

A	[a]	J	[ʒi]	S	[es]
B	[be]	K	[ka]	T	[te]
C	[ce]	L	[el]	U	[y]
D	[de]	M	[em]	V	[ve]
E	[e]	N	[en]	W	[dubleve]
F	[ef]	O	[o]	X	[iks]
G	[ʒe]	P	[pe]	Y	[igrek]
H	[aʃ]	Q	[ky]	Z	[zed]
I	[i]	R	[er]		

Die eckigen Klammern geben die Aussprache vor. Genannt werden diese Zeichen IPA (Internationales Phonetisches Alphabet: vereinheitlichtes Lautschriftsystem). Über den QR-Code können Sie hören, wie die einzelnen Buchstaben im Französischen ausgesprochen werden. Die kleinen und die großen Buchstaben, werden im Französischen genauso wie im Deutschen geschrieben.

Es folgen Beispiele für französische Worte, die Sie aus dem Deutschen kennen.

A un apéritif

B une baguette

C un camembert

D une dame

E un éléphant

F les frites (die Fritten)

G un garage

I - une idée

J un journal

K un kayak – k ist relativ selten im Französischen.

L une limonade

M un menu

N une niche (Nische, Hundehütte)

O une orange

P une pomme (nicht die Pommes sondern ein Apfel)

Q une quiche

R un roman

S une sauce

T les toilettes (immer im Plural im Französischen)

U une utopie

V une vase

W un wagon

X un xylophone

Y un yaourt (Joghurt)

Z un Zoo

Und viele weitere...

À propos, bredouille, chic, déjà-vu, énorme, voilà, marquant (markant), la crème, la douche, la gelée, la guillotine, la quarantaine, la quiche, la raclette, la tristesse, le parlement, le triomphe, triple, présent, la théorie, un abonnement, l'histoire, un abricot, un accessoire, l'accent, un accord, un animateur, un appartement, un ballon, un biscuit, un bistro, un restaurant, un bonbon, un boulevard, un carambolage, un chauffeur, un cliché, un décolleté, un ensemble ,un étage, un expert, un festival, un hommage, un jongleur, un journal, un journaliste, un jury, un malheur, un officier, un palais, un pamplemousse, un passage, un porte-monnaie, un reportage, un taxi, un terroriste, un thermomètre, un tricot, un visage, un wagon, une annonce, une aubergine, une batterie, une boutique, une brochure, une cabine, une carafe, une cigarette, une commode, une coulisse, une crêpe, une décoration, une étape, une étiquette, une fondue, une friteuse, une girafe, une guirlande, une guitare, une idée, une illustration, une impression, une initiative, un téléphone, une limousine, une matinée, une omelette, une ouverture, une patrouille, une réclame, une routine, une secrétaire, une serviette, une tante, une terrasse, une veste, une visite.

Regeln der Aussprache

Vieles wird im Französischen anders ausgesprochen als im Deutschen. Lassen Sie sich von den vielen Regeln, die jetzt folgen, nicht frustrieren. Wichtig ist nur, dass Sie hören, wie die einzelnen Wörter gesprochen werden, um die Aussprache besser kennenzulernen. Fangen Sie mit einfachen Worten an und hören Sie so oft wie möglich Französisch. Auf Youtube gibt es sehr viele gute Videos zur Aussprache. Es gibt Musik, Filme – Sie werden sich schnell einhören.

Die Konsonanten **s, z, n, t** als letzter Buchstabe eines Wortes werden häufig nicht ausgesprochen.

Das **e** am Ende der Worte wird häufig nicht ausgesprochen.

Das **H** am Wortanfang wird sehr oft nicht ausgesprochen (stummes "h"= *h muet*)

ai - [ɛ]

mais [mɛ] aber
fraise [frɛ:s] die Erdbeere

eau, au aux - [o]

eau [o] das Wasser
beau [bo] schön
auto [oto] Auto

e, é, ez, et - [e]

parler [parle] : sprechen
parlez [parle]
carnet [karne]
désolé [desole]

è, ê [ɛ]

même [mɛm]
Folgt auf das e ein "nn, ll, tt oder ss spricht man es immer [ɛ] aus.
Très [trɛ]
prennes [prɛn]
Cadette [kadɛt]
Belle [bɛll]

Œu, eu [ø]

œuf [øf]
peu [pø]

Œur, eur [ør]

sœur [sør]
beurre [bør]

I, î [i]

Kilo [kilo]
île [il]

O, ô [o]

Kilo [kilo]
hôtel [otel]
Folgt auf das **o** ein "nn, mm, ll oder tt spricht man es immer [o] aus.
Bonne [bon]
Pomme [pom]
Folle [fol]
Botte [bot]

Ou, où [u]

Oú [u]
Voudrais [vudrɛ]

<u>U û</u>

Aucune [okyn]
Mûr [myr]

<u>Ill [ij]</u>

Fille [fij]

<u>Ail [aij]</u>

Travail [travaij]

<u>Oi [wa]</u>

Loi [lwa]

<u>Ui [ɥi]</u>

Huit [ɥit]

<u>An, am, en, em [ɑ̃]</u> - das sind Nasallaute etwa wie in Restaurant

Grand [grɑ̃]
Chambre [[ʃɑ̃:br]
Prendre [prɑ̃:dr̃]
emballé [ɑ̃bale]

<u>In, im, un, ym, ain, aim [ɛ̃],</u> wie in Cousin

Cinq [sɛːk]
Timbre [tɛ̃br]
Alun [alɛ]
thym[tɛ̃]
Pain [pɛ̃:]
faim [fɛ̃]

<u>On, om, [ɔ̃]</u> wie in Bonbon

oncle [ɔ̃kl]
nom [nɔ̃]

<u>C+a,o,u und c + Konsonant [k]</u>

camembert [kamɑ̃ber]
Code [kod]
Culture [kyltyr]
Oncle [ɔ̃kl]

<u>C+e,i [s]</u>

Cerise [seri:s]
Civil [sivil]

<u>Ça, çon, çu [s]</u>

Ça [sa]
Garçon [garsɔ]
reçu [rəsy]

Ch [ʃ]

Riche [riʃ]

G+a,o,u g mit Konsonant [g]

gauche [go:ʃ]
golf [golf]
vague [vag]
grande [gʁɑ̃:d]

G+ e, i y [ʒ]

Manger [mɑ̃ʒe]
Gigolo [ʒigolo]
Gymnastique [ʒimnastik]

J [ʒ]

Joli [ʒoli]

H (stumm)

Hôtel [otel]

Qu, q [k]

quatre [katr]

S ss [s]

aussi [osi]
Salut [saly]

Nicht hörbare Endungen

In der ersten Person Singular fällt der **letzte** Buchstabe weg. Die erste Person "Ich" ist **"Je".**

Deutsch	Französisch	Aussprache
Ich schlafe	je dors	Der Franzose sagt „dor", nicht dors
Ich kehre zurück	Je rentre	Der Franzose sagt „rentr"
Ich schaue	Je regarde	Der Franzose sagt „re-gard"

Merken: Erste Person Singular "ich" - der letzte Buchstabe fällt weg.

In der zweiten Person Singular fällt der **letzte** Buchstabe weg. Die zweite Person "Du" ist **"tu".**

Deutsch	Französisch	Aussprache
Du schläfst	tu dors	„dor"
Du kehrst zurück	tu rentres	„rentr"
Du schaust	tu regardes	„regard"

In der zweiten Person Plural fällt der letzte Buchstabe weg. Die zweite Person "ihr" ist **"vous".**

Deutsch	Französisch	Aussprache
Ihr schlaft	vous dormez	„dorme“, nicht dormez
Ihr kehrt zurück	vous rentrez	„rentre“
Ihr schaut	vous regardez	„regarde“

Der letzte Buchstabe, das **“z”** wird nicht ausgesprochen. Das **“e”** wird bei der Endung **“-ez”** gesprochen. Es ist nicht so, dass sich die Franzosen generell weigern, ein “e” zu sprechen. Es handelt sich um den letzten Buchstaben des Wortes.

In der <u>dritten Person Plural</u> fällt die ganze Endung **-ent** weg. Die dritte Person Plural “sie” ist **“ils”.**

Deutsch	Französisch	Aussprache
Sie schlafen	ils dorment	„dorm“
Sie kehren zurück	ils rentrent	„rentr“
Sie schauen	ils regardent	„regard“

-**ent** gehört zu den nicht hörbaren Endungen. Man hört zu sprechen auf mit dem Buchstaben, der vor dem -ent steht.

<u>Merken:</u> Das gilt nur bei Verben 3. Person Plural! Bei dem Wort “comment” (“wie”) wird das “ent” ausgesprochen.

Die Liaison

Die Liaison ist etwas typisch Französisches: Das Aussprechen eines sonst stummen Konsonanten vor einem Wort, das mit einem Vokal beginnt.

Die Konsonanten **S, Z, N, T** als letzter Buchstabe eines Wortes werden häufig nicht ausgesprochen.

Beispiel: Das Adjektiv "petit" (klein) der Franzose sagt peti. Das "t" wird nicht ausgesprochen.

ABER: Folgt ein Wort, das mit einem Vokal beginnt (arbre – Baum), dann wird das "t" ausgesprochen. Petit arbre (pətitaʁbʁ).

Das liegt daran, dass die Franzosen sehr flüssig und gebunden sprechen – im Gegensatz zur deutschen Sprache. pəti aʁbʁ ist schwerer flüssig auszusprechen als "pətitaʁbʁ".

Die Betonung

Sprechen Sie die folgenden Städtenamen laut aus: Hamburg, München, Nürnberg, Frankfurt.

Die Deutschen betonen klar auf der ersten Silbe.

Hambourg, Munich, Nuremberg, Francfort.

Die Franzosen betonen nicht auf der ersten Silbe, sondern auf der letzten Silbe. Die Betonung ist ein Grundcharakteristikum der französischen Sprache.

Rhythmische Gruppe

Von der Liaison und der Betonung kommen wir zur Rhythmischen Gruppe.

Wie. Geht. Es. Ihnen?

Im Deutschen haben wir klare Grenzen der Wörter. Alle Silben werden etwa gleich betont. Jedes Wort wird einzeln deutlich ausgesprochen.

Die Franzosen sagen Comment allez-vous?

Diese fünf Silben werden wie ein Wort ausgesprochen. Das ist typisch französisch, das ist die rhythmische Gruppe. Das **T** (von comment) wird (Liaison) - einfach in das **A**, von *allez*, mit hineingenommen. Durch die Betonung der zweiten Silbe (comment) "stolpert" man in das nächste Wort hinein **"commentallevous".**

Die Akzente – accent aigu, accent grave, accent circonflexe und le tréma ë

Die Akzente sollen nur kurz erwähnt werden, sie sind vorwiegend im Schriftlichen wichtig.

Accent aigu

Der accent aigu führt von links unten nach rechts oben, á é ú ó. „Aigu“ bedeutet scharf oder spitz. Alle “e” mit accent aigu werden wie ein deutsches “e” [e] ausgesprochen. **L’éléphant Frédéric** [elefɑ frederik]

Ist die erste Silbe eines Wortes ein “e” (éléphant, école) schreiben Sie immer ein é. Ebenso, wenn das “e” der letzte Buchstabe eines Wortes ist und es sich nicht um ein stummes “e” handelt - **un café** [kaˈfeː]

Accent grave

Der accent grave führt von links oben nach rechts unten, à, è, ò, ù. „Grave“ bedeutet schwer, alle “e” mit accent grave werden wie “ä” [ɛ] ausgesprochen.

Un collège [kɔlɛʒ]

Un élève [elɛv]

Un frère [fʀɛʀ]

<u>**Aber:**</u> Es gibt unterschiedliche Schreibweise und unterschiedliche Bedeutungen.

Vincent a un chien	Vincent hat einen Hund
Vincent habite à Paris	Vincent wohnt in Paris.
Vincent a-t-il un chien ou une chatte?	Hat Vincent einen Hund oder eine Katze?
Vincent, où est le chien?	Vincent, wo ist der Hund?

Accent circonflexe

Das *accent circonflexe* ist wie ein kleines Dach. „Circonflexe" bedeutet herumgebogen. Der *accent circonflexe* hat für die Aussprache keine Bedeutung. Er erinnert daran, dass viel früher in diesem Wort ein s stand.

le côté, la côte	die Seite, die Küste (lateinisch costa - die Seite)
la fenêtre	das Fenster - (lateinisch fenestra – das Fenster)
le château	das Schloß - (lateinisch castel – die Burg)

<u>**Aber**</u>: Unterschiedliche Schreibweise und unterschiedliche Bedeutungen.

Sûr – sicher.	**Bien sûr** – natürlich
Sur – auf.	**Sur la table** – auf dem Tisch.

Le tréma

Einen Buchstaben mit Tréma (2 Punkten) spricht man einzeln - und unabhängig - von anderen Buchstaben aus.

Noël [nɔɛl] nicht [nœl]

Naïve [naˈiːf] nicht [näf].

Ausdrücke, um in Frankreich zu überleben

Bonjour [bɔ̃ʒuːʁ!] Guten Tag

au revoir [o ʁəvwaːʁ] auf Wiedersehen

Ça va? [sa va]

Wie geht‘s? (Das können Sie gleich zum “bonjour” hinzufügen).

Sie antworten auf die Frage; “Ça va?” [sa va] “wie geht´s?” Ebenfalls mit ”Ça va” [sa va] “es geht”.

Sie können auch sagen: “Ça va bien” [sa va bjɛ̃]

Je m'appelle... [ʒə mapɛl]	Ich heiße... (Ihr Vorname)
S'il vous plaît [sil vu plɛ]	Bitte
Pardon [paʁdɔ̃]	Entschuldigung
Merci beaucoup [mɛʁsi boku]	Vielen Dank
De rien [də ʁjɛ̃!]	Gern geschehen / bitte (auf ein merci)
Je ne comprends pas [ʒə nə kɔ̃pʁɑ̃ pa]	Ich verstehe nicht
Pouvez-vous m'aider? [puve-vu mede]	Können Sie mir helfen?
Vous pouvez répéter? [vu puve ʁəpete]	Können Sie das wiederholen?
Vous parlez Anglais? [vu paʁle ɑ̃glɛ]	Sprechen Sie englisch?
Où est... [u ɛ] ... **le restaurant, ...** **la gare**?	Wo ist ... das Restaurant, ... der Bahnhof.

Sagen Sie lieber einmal zu viel als zu wenig: **s'il vous plaît.**

Qu'est-ce que c'est? [kɛ-s kə sɛ]	Was ist das?

Grammatik

Um Französisch sprechen zu können, sollten die Grundlagen der Grammatik zunächst verstanden werden. Im Folgenden lernen Sie die Basics, bevor es zu den Vokabeln und Alltagssätzen geht:

Die Artikel

Im Französischen gibt es den unbestimmten und den bestimmten Artikel, beide männlich und weiblich.

Der bestimmte Artikel (*articles définis*)

	Singular (*singulier)*	Beispiel	Plural (*pluriel*)
Feminin (weiblich)	**la**	**la** *Baguette*	**les** baguettes
Maskulin (männlich)	**le**	**le** *cheval* oder l'*euro*	**les** chevaux

Das Apostroph **(l')** wird immer verwendet, wenn das nächste Wort mit einem Vokal beginnt (*l'adresse*) oder mit einem stummen h (*l'horloge).*

Die Mehrzahl von *la* und *le* ist immer: **les**

Der unbestimmte Artikel (*articles indéfinis*)

	Singular	Beispiel	Plural
Feminin	**une**	**une** *baguette*	**des** baguettes
Maskulin	**un**	**un** *croissant*	**des** croissants

Merke bei Feminin: Beginnt das Wort mit einem Vokal, ist es trotzdem **une** (*une adresse*).

Merke bei Maskulin: Beginnt das Wort mit einem Vokal, ist es trotzdem **un** (*un appartement).*

In der Mehrzahl ist es im Französischen bei *une* und *un* gleich: **des**

Der Unterschied zwischen dem bestimmten und dem unbestimmten Artikel besteht darin, dass der bestimmte Artikel etwas genau definiert: Wir wollen dieses Auto (*la voiture*) und nicht *irgendein* Auto (*une voiture).*

Sie müssen (leider) zu jedem Wort den Artikel lernen, denn Sie müssen bei jedem Wort wissen, ob es männlich oder weiblich ist.

Die (verbundenen) Personalpronomen

1. Person Singular	Ich	**Je**
2. Person Singular	Du	**Tu**
3. Person Singular, männlich	Er	**Il**
3. Person Singular, weiblich	Sie	**Elle**
1. Person Singular, unbestimmt	Man	**On**

1. Person Plural	Wir	**Nous**
2. Person Plural	Ihr	**Vous**
3. Person Plural, männlich	sie	**Ils**
3. Person Plural, weiblich	sie	**Elles**

Regeln:

Es gibt im Französischen "Er" und "Sie" aber kein "Es". An statt "man" (man könnte doch auch...) - können Sie im Französischen "on" verwenden.

Eine Besonderheit der französischen Sprache ist die Unterscheidung zwischen mehreren Männern und mehreren Frauen. Sind es Männer und Frauen, verwenden Sie **"ils"**. Mehrere Frauen sind **"elles"**. Eine Gruppe von Männern ist immer **"ils"**. Mit einem Mann und mehrere Frauen ist es ebenfalls "**ils**".

In der gesprochenen Sprache benutzen die Franzosen gerne "**on**", da die Verbform kürzer ist. "*On va au cinéma*" ist einfacher als "*nous allons au cinéma*". (Wir gehen ins Kino).

Bei unpersönlichen Ausdrücken benutzen die Franzosen "**il**": Es regnet - **Il** pleut.

Im Deutschen können Sie betonen: Hast DU den Kuchen gegessen? Nein, ER war das. Die Franzosen sprechen relativ unbetont. Daher gibt es bei französischen Personalpronomen auch eine betonte Form.

Die betonten (unverbundenen) Personalpronomen

1. Person Singular	**moi**
2. Person Singular	**toi**
3. Person Singular, männlich	**lui**
3. Person Singular, weiblich	**elle**
1. Person Plural	**nous**
2. Person Plural	**vous**
3. Person Plural, männlich	**eux**
3. Person Plural, weiblich	**elles**

Betonte Personalpronomen benutzen Sie auch in Sätzen ohne Verb. "Hast DU den Kuchen gegessen?" "Nein, ER". Im zweiten Satz fehlt das Verb. Deshalb werden diese Personalpronomen manchmal auch unverbundene Personalpronomen genannt.

Für "on" existiert kein Personalpronomen, da es nie extra hervorgehoben wird.

Die Verben avoir, aller, être

Diese Verben sind die wichtigsten unregelmäßigen Verben und werden sehr oft gebraucht. Sie müssen diese Formen auswendig lernen – da hilft nichts. Die regelmäßigen Verben sind deutlich einfacher.

Das erste Verb ist *avoir* - haben

Avoir

1. Person Singular	**J'ai**
2. Person Singular	**Tu as**
3. Person Singular	**Il, elle, on a**
1. Person Plural	**Nous avons**
2. Person Plural	**Vous avez**
3. Person Plural	**Ils, elles ont**

Das zweite Verb ist *aller* - gehen.

Aller

1. Person Singular	**Je vais**
2. Person Singular	**Tu vas**
3. Person Singular	**Il, elle, on va**
1. Person Plural	**Nous allons**
2. Person Plural	**Vous allez**
3. Person Plural	**Ils, elles vont**

Die beiden Verben "**avoir**" und "**aller**" sind sehr wichtig und lassen sich gut zusammen lernen, da sie ähnlich sind.

Bei dem Verb *"aller"* gibt es einen wichtigen Punkt. "Aller" bedeutet im Französischen nicht nur "gehen". Ein Deutscher, der sagt "nach dem Abitur gehe ich nach Amerika" macht sich nicht zu Fuß auf den Weg. Das Wort "gehen" hat die allgemeine Bedeutung, sich irgendwo hinzubewegen.

"Aller" ist im Französischen das Pendant. Sie können es sehr oft benutzen.

Beispiele:

Je vais en France. Ich fliege nach Frankreich.

Tu vas à Londres. Du nimmst den Zug nach London.

Soll betont werden, wie jemand an einen Ort kommt, können Sie sagen:

Je vais à Paris en avion. Ich nehme das Flugzeug nach Paris.

Sie Können *"aller"* immer einsetzen, wenn Sie sich irgendwohin begeben möchten. Jeder Franzose wird sie verstehen.

Das dritte Verb ist être - sein.

Être

1. Person Singular	**Je suis**
2. Person Singular	**Tu es**
3. Person Singular	**Il, elle, on est**
1. Person Plural	**Nous sommes**
2. Person Plural	**Vous êtes**
3. Person Plural	**Ils, elles sont**

Diese Formen müssen Sie sich merken, es gibt keine Möglichkeit, sie logisch herzuleiten. Mit **aller**, **être** und **avoir** werden viele Zeitformen gebildet.

Übung: Nr. 1

Schreiben Sie hinter das Verb die entsprechende Form.

Beispiel: aller – **il** *va*

Être - tu Tu es

Avoir - vous Vous aves

Aller - il Il va

Être - on On est

Avoir – elles Elles ont

Aller - tu Tu ~~alle~~ vas

Être - elles Elle sont

Avoir – on On a

Être – je Je suis

Avoir - tu Tu as

Aller - ils Ils vont

Faire

Das Wort **faire** – *machen* - wird in Frankreich für so viele verschiedene Tätigkeiten benutzt, dass wir es kurz allein vorstellen. Lernen Sie es gründlich, Sie brauchen es oft.

In der Einzahl sieht es regelmäßig aus:

Je fais

Tu fais

Il, elle on fait

Und dann kommt der Plural...:

Nous faisons

Vous faites

Ils / elles font

Die dritte Person Plural (*ils, elles*) wird gleich gebildet wie bei *aller, avoir* und *etre*.

Faire –	**ils/elles font**
avoir –	**ils/elles ont**
aller –	**ils/elles vont**
être –	**ils/elles sont**
pouvoir	ils peuvent
vouloir	ils veulent.

1. Person Singular	**Je fais**
2. Person Singular	**Tu fais**
3. Person Singular	**Il, elle, on fait**
1. Person Plural	**Nous faisons**
2. Person Plural	**Vous faites**
3. Person Plural	**Ils, elles font**

Was die Franzosen alles machen...

Faire du cheval = Reiten, **faire du vélo** = Fahrrad fahren, **faire du ski** = skifahren, **faire la tête** = schmollen, **il fait chaud** = es ist warm, **il fait froid** = es ist kalt, **il fait beau** = es ist schön ABER **Il fait le beau** = er (ein Hund) macht Männchen.

Es gibt buchstäblich Tausende von Möglichkeiten, das Verb *"faire"* einzusetzen.

Übung: Nr. 2

Das Verb steht im Infinitiv, dahinter das Personalpronomen. Bilden Sie die richtige Form.

Beispiel: Faire – nous = **nous faisons**

Faire - on on fait

Faire - il il fait

Faire - nous nous faisons

Faire - je je fais

Faire – ils ils font

Faire - elles Elles font

Faire - vous vous faites

Faire - elle elle fait

Faire – tu Tu fais

Fragen

Die Intonationsfrage

Es gibt zwei Möglichkeiten, im Französischen eine Frage zu stellen. Die **Intonationsfrage** und die Frage mit **est-ce que** – klingt kompliziert, ist es aber nicht.

Die Intonationsfrage ist eine sehr einfache Art, Fragen zu stellen. Sie betonen einen Aussagesatz als Fragesatz, das kennen Sie auch im Deutschen.

Tu es de Paris – du bist aus Paris.

Das kann eine Aussage oder eine Frage sein. Gehen Sie am Ende des Satzes mit der Stimme nach unten, ist es eine Aussage. Du bist aus Paris.

Ist es eine Frage, gehen Sie am Ende des Satzes mit der Stimme nach oben.

Tu es de Paris? - Du bist aus Paris?

Die Intonation ist die Betonung des Satzes, diese Art der Frage verwendet man vor allem im Gespräch.

Fragen mit est-ce que

Eine weitere einfache Möglichkeit im Französischen eine Frage zu stellen, ist mit **est-ce que**.

Tu es de Paris. Du bist aus Paris.

Möchten Sie daraus eine Frage machen, dann setzen Sie *est-ce que* vor den Aussagesatz.

Tu es de Paris?

Est-ce que tu es de Paris?

Die Frage mit *est-ce que* verwendet man im gesprochenen und im geschriebenen Französisch. Beide Fragen können Sie mit Ja oder Nein beantworten.

Tu es mon copain.	Du bist mein Freund.
Est-ce que tu es mon copain?	Bist du mein Freund?

<u>Achtung:</u> Lautet der Satz:

il est mon copain / elle est ma copine

Dann sagen Sie nicht *est-ce que*, sondern *est-ce* qu´

Denn (*voilà la liaison*) vor einem Vokal müssen Sie das **qu'** apostrophieren. Damit Sie den Satz gebunden und flüssig aussprechen können.

Est-ce qu'il est mon copain?

Est-ce qu'elle est ma copine?

Fragepronomen

Qui? **Qui est-ce qui** *mange la baguette?*	Wer? Wer isst das Baguette?
Que? **Qu'est-ce que** *tu manges?*	Was? Was isst du?
Où? **Où est-ce que** *tu manges?*	Wo? Wo isst du?
Quand? **Quand est-ce que** *tu manges?*	Wann? Wann isst du?

Pourquoi? Warum?
Pourquoi est-ce que *tu manges?* Warum isst du?

Comment? Wie?
Comment est-ce que *tu vas au cinéma?* Wie kommst du zum Kino?

Es gibt noch weitere Fragewörter, aber dann wird die Struktur des Fragesatzes komplizierter. Deshalb behandeln wir diese in diesem Buch nicht.

Qui	Wer
Que	Was
Où	Wo
Quand	Wann
Pourquoi	Warum
Comment	Wie

Die Possessivbegleiter

Die Possessivbegleiter (**mein, dein, ihr** etc.) stehen im Französischen immer bei einem Nomen und drücken eine Zugehörigkeit aus. Die besitzanzeigenden Begleiter sind “mon, ton, son” bei männlichen Nomen und “ma, ta, sa” bei weiblichen.

Die Possessivbegleiter richten sich – wie im Deutschen - nach dem Nomen direkt dahinter, also dem Bezugswort.

Le chien (der Hund) ist männlich deswegen ist es *mon, ton, son* chien

La chatte (die Katze) ist weiblich deshalb ist es *ma, ta, sa* chatte.

Die Geschwister Nadine und Tom stellen ihre Haustiere vor:

Nadine, c’est mon chien.

Tom, voici ma chatte.

Est-ce que

Nadine und Tom möchten höflich sein und loben deshalb das andere Tier:

Il est joli ton chien. (Dein Hund ist hübsch.)

Ta chatte est intelligente. (Deine Katze ist intelligent.)

Sie finden weder Nadine noch Tom toll, deshalb können Sie ehrlich sein:

Son chien est gros. (Sein Hund ist fett.)

Sa chatte est bête. (Ihre Katze ist blöd.)

Achtung Liaison!

Hier gibt es gleich zwei Dinge zu beachten:

1. Beginnt das zugehörige Nomen mit einem Vokal, verwendet man immer **mon, ton, son.** Auch wenn das Nomen weiblich ist. École **(f)** - die Schule - ist immer **son** école. Denn “sa école” lässt sich nicht flüssig aussprechen.

2. Beginnt das zugehörige Nomen mit stummen H, verwendet man immer **mon, ton, son**. Auch wenn das Nomen weiblich ist. **Son habitude (f)** – die Gewohnheit –, denn “sa habitude” lässt sich nicht flüssig aussprechen.

Allerdings: Dies gilt nur für das „stumme h“. In der französischen Sprache gibt es ebenfalls noch das „aspirierte h“. Hier wird die Liaison unterbunden. Eine Regel zum Unterscheiden zwischen einem stummen und einem aspirierten h gibt es nicht. Die Etymologie der Wörter ist ausschlaggebend. Wörter mit einem „stummen h“ haben lateinische Herkunft, wohingegen Wörter mit einem „aspirierten h“ aus anderen Sprachen wie Arabisch, Niederländisch oder Englisch (le hall) stammen.

Die Possessivbegleiter im Plural

Hat ein Besitzer mehrere Sachen, spielt das Geschlecht dieser Dinge keine Rolle:

Mes chiens	Meine Hunde
Tes chiens	Deine Hunde
Ses chiens	Seine Hunde

Mes chats	Meine Katzen
Tes chats	Deine Katzen
Ses chats	Seine Katzen

Gehört mehreren Besitzern eine Sache (z. B. der Familie gehört ein Hund)

spielt das Geschlecht der Nomen keine Rolle:

C´est **notre** chien.	Das ist unser Hund.
C´est **notre** chatte.	Das ist unsere Katze.

Sie fragen – erstaunt - die Familie (die dumme Katze und der dicke Hund gehören Ihnen?)

C´est **votre** chien?	Das ist ihr Hund?
C´est **votre** chatte?	Das ist ihre Katze?

Zudem besitzt die Familie **mehrere** Autos und zeigt sie stolz.

Ce sont **nos** voitures.

Das sind unsere Autos.

Und Sie vergewissern sich.

Ce sont **vos** voitures?

Das sind Ihre Autos?

Beeindruckt berichten Sie daheim.

C´est **leur** chien.

Das ist ihr Hund.

Ce sont **leurs** chattes

Das sind ihre Katzen.

Ce sont **leurs** voitures.

Das sind ihre Autos.

Person	Maskulin	Feminin	Plural
1. Person Singular	**mon**	**ma**	**mes**
2. Person Singular	**ton**	**ta**	**tes**
3. Person Singular	**son**	**sa**	**ses**
1. Person Plural	**notre**	**notre**	**nos**
2. Person Plural	**votre**	**votre**	**vos**
3. Person Plural	**leur**	**leur**	**leurs**

Verben auf –ir

Die Verben auf –ir sind eine große Gruppe, die sich in zwei (drei) Untergruppen teilt. Die Endungen werden immer nach dem gleichen Schema gebildet.

Bei *partir* ([weg]gehen) ist der Stamm im Singular "**par**". Wir konjugieren wie folgt:

Je: Endung –s: **Je par-*s***

Tu: Endung –s: **Tu par-*s***

Il, elle, on: Endung –t: **Il, elle, on par-*t***

Den letzten Buchstaben sprechen die Franzosen nicht. Sie sprechen in allen drei Fällen nur "**par**", nicht "pars" oder "part".

Die Endungen im Singular -s, -s, -t können Sie sich mit der Eselsbrücke merken:

***S**ehr **S**ichere **T**echnik.*

Bei *partir* ist der Stamm im Plural "**part**". Wir konjugieren wie folgt:

Nous: Endung –ons: **Nous part**-*ons*

Vous: Endung –ez: **Vous part**-*ez*

Elles, ils: Endung –ent: **Ils part**-*ent*

Bei *partons* und *partez* sprechen Sie die Endungen aus. Bei *ils partent* wird die Endung **–ent** nicht gesprochen. Sie sagen nur *part*.

Weitere Beispiele sind die Verben *sortir* (weggehen) oder *dormir* (schlafen).

Je	**pars**	**sors**	**dors**
Tu	**pars**	**sors**	**dors**
elle, il, on	**part**	**sort**	**dort**
nous	**partons**	**sortons**	**dormons**
vous	**partez**	**sortez**	**dormez**
elles, ils	**partent**	**sortent**	**dorment**

Übung: Nr. 3

Das Verb steht im Infinitiv, dahinter das Personalpronomen. Bilden Sie die richtige Form.

Beispiel: partir, tu Lösung: tu pars

Partir, je

Partir, elle

Partir, elles

Sortir, elles

Dormir, ils

Dormir, je

Sortir je

Sortir, on

Dormir, vous

Patir, vous

Dormir, il

Verben auf –ir mit Stammerweiterung

Als Beispiel nehmen wir *finir (beenden/fertigstellen)*. Bei allen Verben bleibt das *i* von der Endung angehängt. Der Stamm ist also fini. *Je finis tu finis elle/il/on finit.*

Im Plural fini-**ss** (Stammerweiterung), vor der Endung kommt ein -ss dazu.

Die Stammerweiterung, ist bei all diesen Verben identisch.

Bei *finir* ist der Stamm im Singular "**fini**". Wir konjugieren wie folgt:

Je: Endung – s: **Je fini**-*s*

Tu: Endung – s: **Tu fini**-*s*

Il, elle, on: Endung – t: **Il, elle, on fini**-*t*

Den letzten Buchstaben sprechen die Franzosen nicht. Sie sprechen in allen drei Fällen nur "**fini**", nicht "finis" oder "finit".

Die Endungen im Singular –s, -s, -t können Sie sich mit der Eselsbrücke merken:

S*ehr* **S***ichere* **T***echnik*.

Bei *finir* ist der Stamm im Plural **finiss.** Wir konjugieren wie folgt:

Nous: Endung –ons: **Nous finiss-ons**

Vous: Endung –ez: **Vous finiss-ez**

Elles, ils: Endung –ent: **Ils finiss**-*ent*

Bei *finissons* und *finissez* sprechen Sie die Endungen aus. Bei ils *finissent* wird die Endung **–ent** nicht gesprochen. Sie sagen nur *finiss*.

Weitere Beispiele sind die Verben *obéir* (gehorchen) oder *réussir* (gelingen).

Je / J'	**finis**	**obéis**	**réussis**
Tu	**finis**	**obéis**	**réussis**
elle, il, on	**finit**	**obéit**	**réussit**
nous	**finissons**	**obéissons**	**réussissons**
vous	**finissez**	**obéissez**	**réussez**
elles, ils	**finissent**	**obéissent**	**réussent**

Übung. Nr. 4

Das Verb steht im Infinitiv, dahinter das Personalpronomen. Bilden Sie die richtige Form.

Beispiel: choisir, tu Lösung: tu choisis

Choisir elle	Choisir elles
Réfléchir elles	Réfléchir ils
Réfléchir je	Réussi je
Finir je	Obéir, je
Obéir, tu	Obéir, il
Grandir, ils	

Verben auf –er

Diese Verben heißen regelmäßige Verben, weil sie alle gleich gebildet werden. Im Französischen enden die allermeisten Verben im Infinitiv auf -**er**. Wenn Sie diese Gruppe richtig konjugieren können, ist das sehr hilfreich.

Als Beispiel nehmen wir *regarder (schauen).* Der Stamm ist "**regard**". Wir konjugieren wie folgt:

je regard-*e*	**Tu regard**-*es*	**Il / elle on / regard**-*e*
Nous regard-*ons*	**vous regard**-*ez*	**ils / elles regard**-*ent*

Je	**regarde**
Tu	**regardes**
elle, il, on	**regarde**
nous	**regardons**
vous	**regardez**
elles, ils	**regardent**

Die *"vous"*-Form ist nicht nur *"ihr"*, sondern auch das höfliche "Sie". *"Vous habitez"* kann bedeuten "Sie wohnen" oder "ihr wohnt".

Vier der Endungen sind stumm. **Erste, zweite** und **dritte Person Singular** spricht man die Endungen (-e, -e, -s) <u>nicht</u> aus. Nur zwei Endungen hört man. **Erste** und **zweite Person Plural** (-ons, -ez). **Dritte Person Plural** (-ent) spricht man <u>nicht</u>.

Das ist für Anfänger sehr verwirrend, denn dass das "-ent" nicht gesprochen wird, gilt nur für Verben!

Bei anderen Wörtern, z. B. "comment - " *(wie)* sprechen Sie das -**ent** aus. [kɔmɑ̃]

Achtung Liaison!

Beginnt ein Verb mit einem Vokal oder einem stummen h, dann verbinden Sie das Personalpronomen und die Verbform in der Aussprache. Sie ziehen also das **n** von **on** herüber und sagen ɔ̃n écoute - on écoute (man hört zu). Oder ʒ**abit** - j´habite (Ich wohne).

J`	écout**e**	habit**e**
Tu	écout**es**	habit**es**
elle, il, on	écout**e**	habit**e**
nous	écout**ons**	habit**ons**
vous	écout**ez**	habit**ez**
elles, ils	écout**ent**	habit**ent**

Übungen: Nr. 5

Das Verb steht im Infinitiv, dahinter das Personalpronomen. Bilden Sie die richtige Form.

Habiter – je j´habite	Regarder, tu
Adorer, tu	Adorer, je
Adorer, nous	Habiter, vous
Regarder ils	Habiter, je
Écouter, je	Marcher, on
Adorer, on	Regarder, vous

Vouloir – wollen und pouvoir – können

Diese beiden Verben werden Sie oft brauchen, deshalb werden sie kurz vorgestellt. **Vouloir** und **pouvoir** sind unregelmäßig und nicht ganz einfach zu lernen. Da Sie auf ähnliche Art und Weise unregelmäßig sind, werden sie gemeinsam vorgestellt.

Sie sind die einzigen Verben im Französischen, die in der zweiten Person Singular (tu - du) nicht auf -**s** enden, sondern auf **x**.

Je	**veux**	**peux**
Tu	**veux**	**peux**
elle, il, on	**veut**	**peut**
nous	**voulons**	**pouvons**
vous	**voulez**	**pouvez**
elles, ils	**veulent**	**peuvent**

Vier der Endungen sind stumm. **Erste, zweite** und **dritte Person Singular** spricht man die Endungen (-e, -e, -s) nicht aus. Nur zwei Endungen hört man. **Erste** und **zweite Person Plural.** (-ons, -ez). **Dritte Person Plural** (-ent) spricht man nicht.

Übung: Nr. 6

Das Verb steht im Infinitiv, dahinter das Personalpronomen. Bilden Sie die richtige Form.

Beispiel: vouloir – on = on veut

Pouvoir, tu Tu peux

Vouloir, on On veut

Vouloir, vous Vous voulez

Vouloir, je je veux

Vouloir, elles elles veulent

Vouloir, ils ils veulent

Vouloir, tu Tu veux

Pouvoir, nous Nous pouvons

Pouvoir, ils ils peuvent

Pouvoir, je je peux

Pouvoir, on on peut

Die Verben auf –re

Die dritte, wichtige Gruppe der Verben neben den Verben auf *-er* und *-ir* sind die Verben auf -**re.** Die Endungen bei der Konjugation kennen Sie bereits von den Verben auf *-ir*.

Von *entendre* (hören) ist der Stamm "**entend**".

Je: Endung –s: **J´entend**-*s*

Tu: Endung –s: **Tu entend**-*s*

Il, elle, on: Endung –t: **Il, elle, on entend!!**

<u>**Achtung**</u>, hier fehlt die Endung *–t*, denn das Verb endet bereits auf ein *-d.* Viele Verben, die auf *–re* enden, enden sogar auf *–der* ... eben wie **entendre**.

Bei dem Verb "*croire*" (glauben) z. B. schreiben wir das "t". Il / elle / on croit.

Nous: Endung –ons: *Nous entend*-**ons**

Vous: Endung –ez: *Vous entend* -**ez**

Elles, ils: Endung –ent: *Ils entend* -**ent**

Viele unregelmäßige Verben enden auf *-re*. *Être* und *faire* haben Sie bereits kennengelernt. Für einen Anfänger sind unregelmäßige Verben aber zunächst nicht von Bedeutung.

Weitere Beispiele sind die Verben **vendre** (verkaufen) oder **rendre** (zurückgeben)

Je / J'	**entends**	**vends**	**rends**
Tu	**entends**	**vends**	**rends**
elle, il, on	**entend**	**vend**	**rend**
nous	**entendons**	**vendons**	**rendons**
vous	**entendez**	**vendez**	**rendez**
elles, ils	**entendent**	**vendent**	**rendent**

Übung: Nr. 7

Das Verb steht im Infinitiv, dahinter das Personalpronomen. Bilden Sie die richtige Form.

Beispiel: entendre - tu Lösung: tu entends

entendre, je

rendre, elles

rendre, ils

Je, vendre

Il, entendre

rendre, nous

vendre, elle

entendre, elles

vendre, je

On, vendre

Vous, entendre

Die Verneinung

Im Französischen besteht die Verneinung aus zwei Wörtern. **Ne** und **pas**.

Claudine lance le ballon.	Claudine wirft den Ball.
Claudine **ne** *lance* **pas** *le ballon.*	Claudine wirft den Ball nicht.

Ne und **pas** umschließen immer das Verb.

__Achtung Liaison__:

Beginnt die Verbform mit einem Vokal, dann wird „*ne*“ apostrophiert.

Nous allons à Paris.	Wir gehen nach Paris.
Nous **n'***allons* **pas** *à Paris.*	Wir gehen nicht nach Paris.

So werden in Frankreich alle Verneinungen gebildet.

Ne pas – nicht (normale)	*Je* **ne** *mange* **pas** – Ich esse nicht.
Ne plus – nicht mehr	*Je* **ne** *mange* **plus** – Ich esse nicht mehr.
Ne rien – nichts.	*Je* **ne** *mange* **rien** – ich esse nichts.
Ne jamais – nie.	*Je* **ne** *mange* **jamais** – ich esse nie
Ne personne – niemand.	*Je* **ne** *mange* **personne** – ich esse niemanden (nur ein Beispiel)

In der gesprochenen Sprache gibt es eine Besonderheit. Die Franzosen lassen meistens das “*ne*” weg. Außer in offiziellen Ansprachen hört man die Verneinung mit *ne...pas* nicht.

nous valons | pouvons

Übung: Nr. 8

Bilden Sie die Verneinung

Beispiel: je suis à Paris = je ne suis pas à Paris

Je mange une baguette

J'écoute une chanson.

il fait du cheval.

Elle a une chatte.

Elles vont à Paris.

Ils peuvent chanter.

On veut visiter Paris.

Nous sommes de Lyon.

Vous mangez (nicht mehr).

Il peut lire (nie).

Il voit (niemanden).

Tu bois (nichts).

Zeitformen

Die wichtigsten Zeiten im Französischen:

Im Französischen gibt es 5 Zeitformen, um über die Vergangenheit zu sprechen.

1. Passé composé (Perfekt)
2. Passé récent (Perfekt – umgangssprachlich)
3. Passé simple
4. Imparfait (Imperfekt)
5. Plus-que-parfait (Plusquamperfekt)

Weitere Zeitformen

Subjonctif (kein Äquivalent im Deutschen)

Futur composé

Futur simple

Futur antérieur

Passé récent

Passé récent drückt eine Handlung aus, die gerade erst abgeschlossen wurde. Es wird umgangssprachlich verwendet. Bildung erfolgt mit dem Hilfsverb "*venir*" (kommen).

Je viens de rentrer de l'école.	Ich bin gerade aus der Schule gekommen.

Passé simple

Drückt einmalige Handlungen in der Vergangenheit aus, wird fast nur in der Literatur verwendet.

L'imparfait (Präteritum)

Beschreibt (im Gegensatz zum passé composé) langanhaltende Zustände in der Vergangenheit.

J'étais très heureuse avec elle.	Ich war sehr glücklich mit ihr.
La classe commençait toujours à 8 heures.	Der Unterricht begann immer um 8 Uhr.

Plus-que-parfait (Plusquamperfekt)

Plus-que-parfait es ist die Vorvergangenheit, die dem deutschen Plusquamperfekt entspricht.

Quand nous sommes arrivés au cinéma, le film avait déjà commencé.

Als wir im Kino ankamen, hatte der Film schon begonnen.

Der Subjonctif

Der *Subjonctif* ist für uns Deutsche ungewohnt. Er drückt (für alle möglichen Zeiten) Hoffnungen, Gefühle, Wünsche oder Zweifel aus. Es gibt kein Äquivalent im Deutschen. Anfänger müssen ihn nicht beherrschen.

Il faut que tu partes.	Du musst gehen.

Futur composé (Futur I)

Handlungen, die in naher Zukunft passieren werden. Es wird mit dem Hilfsverb *"aller"* (gehen) gebildet und vor allem in der Umgangssprache eingesetzt.

Je vais manger.	Ich werde essen.

Futur simple

Handlungen, die in der Zukunft geschehen sollen (auch Höflichkeitsform). Die Verben werden konjugiert.

Je mangerai.	Ich werde essen.

Futur antérieur (Futur II)

Damit berichten Sie von Handlungen oder Ereignissen, die in Zukunft abgeschlossen sein werden.

Quand M. Dubois rentrera à la maison, Mme Dubois aura préparé le repas.

Wenn M. Dubois nach Hause kommt, wird seine Frau das Essen vorbereitet haben.

Das Passé composé (das französische Perfekt):

Obwohl es im französische insgesamt fünf Zeitformen gibt, soll hier als Vergangenheitsform nur das häufige *Passé composé* ausführlich besprochen werden. Diese Zeitform ist für Sie als Anfänger wichtiger als die anderen und wird auch immer häufiger als das Passé simple verwendet.

Ausgedrückt wird hier, dass eine Handlung bereits in der Vergangenheit abgeschlossen wurde.

Die Hilfsverben

Sie brauchen – wie im Deutschen - ein Hilfsverb. Wie im Deutschen ist es das Hilfsverb „haben" - *avoir* - oder „sein" - *être.*

*J'**ai** mangé.*	Ich habe gegessen

Konjugiert wird nur das Hilfsverb.

J´**ai** mangé, tu **as** mangé, il **a** mangé, nous **avons** mangé, vous **avez** mangé, ils **ont** mangé

J'ai
Tu as
Il, elle, on a
Nous avons
Vous avez
Ils ont

Oder

je **suis** *arrivé.* ich bin angekommen

Je **suis** arrivé, tu **es** arrivé, il elle on **est** arrivé, nous **sommes** arrivés, vous êtes arrivés, ils elles **sont** arrivés.

Die Bildung ist einfach, **Subjekt + konjugierte Form von** avoir **oder** être **+ passé composé**.

Bildung des passé composé

Je suis
Tu es
Il, elle est
Nous sommes
Vous êtes
Ils sont.

Verben auf **-er**: *manger* - j'ai mangé

Das gleiche sogar bei dem komplizierten "*aller*":

Je **suis** allé, tu **es** allé, elle **est** allé ... J

Verben auf **-ir**: *finir* - j'ai fin**i**.

Je **suis** parti. Tu **es** parti, il **est** parti...

Verben auf **-re**: *entendre* - J'ai entend**u**. Je n'ai pas comprendu

Hier gibt es wieder eine kleine Ausnahme, aber für Ihren ersten Frankreich Besuch muss Sie das zunächst nicht kümmern.

Wann *être* wann *avoir* beim Passé composé?

Im Deutschen gilt als Faustregel: Das Perfekt mit Verben der Bewegung wird mit "*sein*" gebildet. Ich bin gelaufen, ich bin geschwommen, ich bin gerannt.

Alle anderen Verben mit "*haben*". Ich habe gegessen, ich habe getrunken, ich habe gesungen.

Im Französischen werden Verben der Bewegungsrichtung mit “être ” gebildet,

z. B.

entrer (eintreten), *monter* (hinaufgehen), *descendre* (herabgehen), *sortir* (hinausgehen) *partir* (weggehen).

Vergleichbar dem Deutschen: Ich bin eingetreten, ich bin hinaufgegangen, ich bin herabgegangen.

Für die meisten Verben wird - wie im Deutschen auch – das Passé composé mit “avoir” gebildet. J´ai mangé, j´ai visité.

Das Problem ist: Viele Verben der Bewegung werden im Französischen mit “*avoir*” gebildet, denn sie haben keine spezielle Richtung. *J´ai couru* (ich bin gerannt), *j´ai marché* (ich bin gegangen).

Übungen: Nr. 9

Bilden Sie das Passé composé

Beispiel: il – parler – Il a parlé

Je - danser

J'ai dansé

Vous - manger

Vous avez mangé

Elles - partir

Elles sont / Elle est partis

Nous - partir

Nous sommes partis

Ils - parler

Ils ont parlé

Je - chanter

J'ai chanté

Tu - manger

Tu as mangé

On - finir

On a fini

Il - danser

Il a dansé

Je - monter

Je suis monté

Elle - sortir

~~Elle est~~

Elle est sorti

Die Adjektive

Die Adjektive sind ein umfangreiches Thema im Französischen. Sie sind so schwierig, weil es eine Vielzahl von kleinen Unregelmäßigkeiten gibt. Sie sollen und können sich nicht alles sofort merken. Wenn Sie längere Zeit Französisch lernen, lesen und hören werden Sie die Adjektive automatisch richtig bilden.

Die Angleichung der Adjektive

Französische Adjektive werden angeglichen. Sie richten sich in Geschlecht und Zahl nach ihrem Bezugswort.

Generell bleiben Adjektive im Singular männlich unverändert. Im Plural männlich fügen wir ein **-s** hinzu. Singular weiblich bekommt die Endung **-e**, im Plural **-es**.

Un grand village. Les **grands** villages.

Une grande voiture. Les **grandes** voitures.

Un joli livre. Des **jolis** livres

Une jolie veste. Des **jolies** vestes.

Il est fatigué. Ils sont **fatigués**

Elle est fatiguée. Elles sont **fatiguées**.

	männlich	**weiblich**
Singular	unverändert	-e
Plural	-s	-es

Adjektive, die auf **-e** enden (NICHT é!) bleiben im Singular männlich und weiblich unverändert, im Plural fügen wir ein **-s** hinzu.

Un jeune homme. Des **jeunes** hommes.

Une jeune fille. Des **jeunes** filles.

	männlich	weiblich
Singular	unverändert	unverändert
Plural	-s	-s

Adjektive, die auf **-s** enden, bleiben im Singular und Plural männlich unverändert, im Singular weiblich fügen wir ein **-e** hinzu, im Plural weiblich **-es**

Un magazine français. Des magazines **français**.

Une chanson française. Des chansons **françaises**.

	männlich	weiblich
Singular	unverändert	-e
Plural	unverändert	-es

Adjektive, die auf -**if** enden bleiben im Singular männlich unverändert, im Plural männlich fügen wir ein -**s** hinzu. Im Singular weiblich wird das -**f** zu -**ve**, im Plural weiblich -**ves**

Un homme sportif. Des hommes **sportifs**.

Une fille sportive. Des filles **sportives**.

	männlich	weiblich
Singular	unverändert	-ve
Plural	-s	-ves

Adjektive, die auf -**er** enden, bleiben im Singular männlich unverändert, im Plural männlich fügen wir ein **–s** hinzu. Im Singular weiblich wird das -**er** zu -ère, im Plural weiblich ist die Endung **-ères.**

Le premier ballon. Les **premiers** ballons

La première dame. Les **premières** dames.

	männlich	**weiblich**
Singular	unverändert	-ère
Plural	-s	-ères

Adjektive, die auf -**eux** enden bleiben im Singular und Plural männlich unverändert. Im Singular weiblich wird das -**x** zu -**se,** im Plural weiblich ist die Endung -**ses**.

Un enfant heureux. Les enfants **heureux**

La chatte heureuse Les chattes **heureuses**.

	männlich	**weiblich**
Singular	unverändert	-ère
Plural	-s	-ères

Neben diesen vielen Unregelmäßigkeiten (auch Doppelkonsonanten kommen vor) gibt es einige Adjektive, die oft vorkommen und gelernt werden müssen.

beau (schön), **nouveau** (neu), **vieux** (alt), **blanc** (weiß), **long** (lang).

Un beau jardin. Des beaux jardins.

Une belle fille. Des belles filles.

<u>Aber:</u>

Beginnt das nachfolgende Nomen mit einem Vokal oder einem stummen h, ändert sich die Form Singular männlich.

un bel arbre	des beaux arbres
bel hôtel	des beaux hôtels

Das gleiche passiert bei nouveau...

Un nouveau livre.	Des **nouveaux** livres.
Une belle femme.	Des **belles** femmes.
Un nouvel immeuble.	Des **nouveaux** immeubles.

... und vieux

Un vieux château.	Des **vieux** châteaux
Une vieille dame.	Des **vieilles** dames.
Un vieil ordinateur.	Des **vieux** ordinateurs.

Im Französischen stehen die Adjektive meistens nach dem Nomen. Im Deutschen sagen wir “ein intelligentes Mädchen”. Im Französischen “une fille intelligente”. Er hat blaue Augen - il a les yeux bleus.

Einige Adjektive stehen jedoch vor dem Nomen:

grand (groß) und **petit** (klein).

Ma petite sœur.

Un grand cheval.

joli (hübsch) und **beau** (schön).

Une jolie lampe.

Un beau jour.

Un bel arbre.

bon (gut) und **mauvais** (schlecht).

Un bon cheval

la mauvaise mine

Vieux (alt) und **nouveau** (neu)

Un vieux vélo.

Une nouvelle voiture.

Un nouvel ordinateur.

Bei einigen Adjektiven ändert sich die Bedeutung, je nachdem ob sie vor oder hinter dem Nomen stehen:

Un **cher** ami.	Ein lieber Freund.
Un restaurant **cher**.	Ein teures Restaurant.

Une **ancienne** colonie française.	Eine ehemalige französische Kolonie.
Un bâtiment **ancien**.	Ein uraltes Gebäude.

Le **pauvre** chien.	Der arme Hund (z. B. ein Hund der friert).
Des gens **pauvres**.	Arme Leute (sie verdienen wenig Geld).
C'est mon **propre** livre.	Das ist mein eigenes Buch.
Une chambre **propre**.	Ein sauberes Zimmer.

Die Zahlen 1 bis 100 – les nombres à 1 de 100

Tu as quel âge*? Moi j'ai quatre-vingt-dix-huit ans.* - Ich bin 98 Jahre alt.

Viele französischen Zahlen klingen für ein deutsches Ohr kompliziert. Was müssen Sie zu den Zahlen bis 100 wissen?

zéro	null	0
un/une	eins	1
deux	zwei	2
trois	drei	3
quatre	vier	4
cinq	fünf	5
six	sechs	6
sept	sieben	7
huit	acht	8
neuf	neun	9
dix	zehn	10

Nur bei der Zahl *eins* gibt es **un** oder **une**, je nachdem, ob das zugehörige Wort (Nomen) männlich oder weiblich ist. *Un chien* (m) oder *une chatte* (w).

onze	elf	11
douze	zwölf	12
treize	dreizehn	13
quatorze	vierzehn	14
quinze	fünfzehn	15
seize	sechzehn	16

Ab der Zahl 17 verbinden Sie Zehner und einer mit einem Bindestrich. Also: siebzehn = dix-sept, achtzehn = dix-huit, neunzehn = dix-neuf.

dix-sept	siebzehn	17
dix-huit	achtzehn	18
dix-neuf	neunzehn	19

vingt-et-un / une	einundzwanzig	21
vingt-deux	zweiundzwanzig	22
vingt-trois	dreiundzwanzig	23
vingt-quatre	vierundzwanzig	24
vingt-cinq	fünfundzwanzig	25
vingt-six	sechsundzwanzig	26
vingt-sept	siebenundzwanzig	27
vingt-huit	achtundzwanzig	28
vingt-neuf	neunundzwanzig	29

Die Zahlen 20 bis 60 in zehner Schritten.

vingt	zwanzig	20
trente	dreißig	30
quarante	vierzig	40
cinquante	fünfzig	50
soixante	sechzig	60

Bei den Zahlen von 31 bis hoch zur 71 in zehner Schritten, wird das Bindewort "**et**" eingeschoben.

trente-et-un 31
quarante-et-un 41
cinquante-et-un 51
soixante-et-un 61
soixante-et-onze 71

Ab der Zahl 70 zählen Sie von der Zahl 60 hoch. Soixante-dix (70) = 60+10.

soixante-dix	siebzig	70
soixante-et-onze	einundsiebzig	71
soixante-douze	zweiundsiebzig	72
soixante-treize	dreiundsiebzig	73
soixante-quatorze	vierundsiebzig	74
soixante-quinze	fünfundsiebzig	75
soixante-seize	sechsundsiebzig	76
soixante -dix-sept	siebenundsiebzig	77
soixante-dix-huit	achtundsiebzig	78
soixante-dix-neuf	neunundsiebzig	79

Ab der Zahl 80 multiplizieren Sie mit 4.

80= 4×20 - quatre-vingts.

quatre-vingts	achtzig	80
quatre-vingt-un/une	einundachtzig	81
quatre-vingt-dix	neunzig	90
quatre-vingt-onze	einundneunzig	91
quatre-vingt-douze	zweiundneunzig	92

Und die 100.

cent	hundert	100

Übung: Nr. 10

Schreiben Sie die Zahlen aus.

Beispiel 62 Lösung: Soixante-deux

11	5
23	55
9	36
41	100
99	72

Die Wochentage – les jours de la semaine

Alle Wochentage sind männlich. Le lundi, le mardi etc. **Le lundi** bedeutet montags und **lundi** heißt der Montag. Alle Wochentage enthalten die Silbe "**di**" vom lateinischen *dies* – der Tag.

Französisch	Deutsch	kommt von...
lundi	Montag	la lune
mardi	Dienstag	Mars
mercredi	Mittwoch	Mercure
jeudi	Donnerstag	Jupiter
vendredi	Freitag	Vénus
samedi	Samstag	Saturne
dimanche	Sonntag	dies Dominicus – der Tag des Herrn

Das Wochenende heißt in Frankreich **le week-end** oder **la fin de la semaine.** Wie in Deutschland sind es Samstag und Sonntag.

Die Monate des Jahres – les mois de l'année

janvier	Januar
février	Februar
mars	März
avril	April
mai	Mai
juin	Juni
juillet	Juli
août	August
septembre	September
octobre	Oktober
novembre	November
décembre	Dezember

Alle Monate sind männlich - **le** *janvier,* **le** *février....* Auch die **Jahreszeiten** sind männlich.

le printemps	der Frühling
l'été	der Sommer
l'automne	der Herbst
l'hiver	der Winter

Einige wichtige Sätze:

Datum:

Quelle date avons-nous aujourd'hui?	Welches Datum haben wir heute?
Nous sommes le 1er mars 2022.	Wir haben den 01. März 2022.
J'ai mon anniversaire en juillet	Mein Geburtstag ist im Juli.
Mon anniversaire est le 7 juillet.	Mein Geburtstag ist am 7. Juli.
Le deux juin nous partons en vacances aux Etats-Unis.	Am 2. Juni fliegen wir in die Ferien in die USA.
Il ne va pas à l'école le mardi.	Er hat am Dienstag keine Schule.
J'ai un test en allemand le vingt-deux novembre.	Am 22. November habe ich einen Deutschtest.

Weihnachten, Ostern und schönes neues Jahr:

joyeux Noël	Frohe Weihnachten
bonne année	gutes Neues Jahr
Je vous souhaite un joyeux Noël et une bonne année	ich wünsche euch (ich wünsche Ihnen) frohe Weihachten und ein gutes Neues Jahr.
pâques	Ostern

Es gibt in Frankreich Schokohasen, aber sie stammen eher aus Deutschland. In Frankreich kommen zu Ostern die Glocken aus Rom geflogen und bringen Eier und Schokolade.

Häufig sind Glocken aus Schokolade *(la cloche*) oder ein großes Schololadenei. (*l'œuf m*). Beliebt ist auch *la friture* - eigentlich ein Gemisch aus kleinen Fischen und Meeresfrüchten, die man in der Pfanne mit Öl anbrät. Zu Ostern ist *la friture* eine Schokoladenmischung kleiner Fische aus Schokolade in vielen Formen oder kleiner Meeresfrüchte. Ebenfalls gibt es große Hühner (*la poule*), die häufig mit kleinen Zuckereiern gefüllt sind.

<u>Maße und Gewichte</u>

un kilo	ein Kilo
une livre	ein Pfund
un gramm	ein Gramm
un litre	ein Liter
un mètre	ein Meter
un centimètre	ein Zentimeter
un mètre carré	ein Quadratmeter

Die Maße und Gewichte klingen sehr ähnlich wie im deutschen.

Wetter – le temps

Vokabeln

Les prévisions météorologiques [pʁəvizjɔ̃ mətəɔʁɔlɔʒik] — Die Wettervorhersage

la neige [nɛʒ] (feminin) — Der Schnee

Il tombe de la neige — Es schneit.

L'orage [ɔʀaʒ] (maskulin)	Das Gewitter
La grêle [gʀɛl] f	Der Hagel
Le brouillard [bʀujaʀ] m	Der Nebel
Le temps [tɑ̃] m	Das Wetter
La chaleur [ʃalœʀ] f	Die Hitze
Le vent [vɑ̃] m	Der Wind
Le nuage [nɥaʒ] m	Die Wolke
La pluie [plɥi] f	Der Regen
Le soleil [sɔlɛj] m	Die Sonne
La température [tɑ̃peʀatyʀ] f	Die Temperatur
briller [bʀije]	scheinen
pleuvoir [pløvwaʀ]	regnen
beau [bo]	schön
mauvais [movɛ]	schlecht
chaud [ʃo]	warm
froid [fʀwa]	kalt
doux [du]	Mild, angenehm

Sätze:

Il fait beau.	Das Wetter ist schön.
Il fait mauvais.	Das Wetter ist schlecht.
il fait froid.	Es ist kalt.
Il fait doux.	Es ist mild
Il fait zéro degré.	Es sind 0 Grad.
Il fait chaud.	Es ist heiß.
Il pleut.	Es regnet.
Il neige.	Es schneit.
Quel temps fait-il aujourd'hui?	Wie ist das Wetter heute?
Il pleut dehors?	Regnet es draußen?
Il y a du soleil.	Es ist sonnig
Il y a des nuages.	Es ist wolkig.
Il y a du vent.	Es ist windig.
Il y a de l'orage.	Es gibt Gewitter.
Le soleil brille.	Die Sonne scheint (kräftig).
La température est de 23 Celsius.	Die Temperatur beträgt 23 Grad Celsius

Übung: Nr. 11

Heute ist das Wetter schön. Wie sagen Sie?

*Il fait*____________________________________.   *Lösung: Il fait beau.*

Es bläst ___________________________________ .

Es schneit, es ist kalt. ____________________________________

Die Sonne ___________, es ist ______________________________

Die Temperatur beträgt 15 Grad, __________________________________

Scheint draußen die Sonne? ______________________________________

Gibt es ein Gewitter? ____________________________________

Es regnet, die Temperatur beträgt 12 Grad. ______________________________

Wie ist das Wetter heute? Es gibt Regen. ________________________________

Es ist mild.__________________________

Oh la neige,_________________________ de la neige.

Die Uhrzeit – l'heure

Wir beginnen mit den ganzen Stunden 1:00, 2:00; 3:00, ...

1:00 Es ist ein Uhr. **Il est une (1) heure.**
In der Kurzform schreiben die Franzosen 1h00.

2:00. Es ist zwei Uhr. **Il est deux (2) heures.** 2h00.

(<u>Achtung:</u> *une heure,* aber *deux heures*, Plural)

16:00. Es ist 16 Uhr. **Il est seize (16) heures**, 16h00

midi et minuit (Mittag und Mitternacht)

Es ist Mittag. **Il est midi.** 12h00

Es ist Mitternacht. **Il est minuit** 24h00

Die Minuten.

1:05 Uhr. Es ist fünf Minuten nach eins. **Il est une heure cinq**, 1h05.

2:10 Uhr. Es ist zehn Minuten nach zwei. **Il est deux heures dix**. 2h10.

17:29 Uhr. Es ist siebzehn Uhr neunundzwanzig. **Il est dix-sept heures vingt-neuf**. 17h29.

Die Zahlen 1 bis 60 sind wichtig für die Uhrzeit, Sie sollten Sie fleißig üben.

Geben Sie die Minuten 40 bis 59 an, können Sie es – wie im Deutschen – anders ausdrücken.

1:40 Uhr. Zwei Möglichkeiten:

Es ist zwanzig vor zwei. **Il est deux heures moins vingt**.
Es ist ein Uhr vierzig**. Il est une heure quarante.** 1h40

2.45 Uhr. Zwei Möglichkeiten:

Es ist viertel vor drei. **Il est trois heures moins le quart**
Es ist zwei Uhr fünfundvierzig. **Il est deux heures quarante-cinq.** 2h45.

14.55 Uhr. Zwei Möglichkeiten:

Es ist fünf Minuten vor drei. **Il est trois heures moins cinq**.
Es ist zwei Uhr fünfundfünfzig. **Il est trois heures cinquante-cinq.** 2h55.

Halbe Stunden

1.30 Uhr. Zwei Möglichkeiten:

Es ist halb zwei: **Il est une heure et demie.**
Es ist ein Uhr dreißig. **Il est une heure trente**. 1h30.

12. 30 Uhr**. Il est midi et demie**. 12h30.
00.30 Uhr. **Il est minuit et demie** 00h30.

Viertelstunden

3.15 Uhr. Zwei Möglichkeiten:

Es ist drei Uhr fünfzehn. **il est trois heures quinze**. 3h15
Es ist viertel nach drei. **Il est trois heures et quart**.

4.45 Uhr

Es ist viertel vor fünf. **Il est cinq heures moins le quart.**
Es ist fünfzehn Minuten vor fünf. **Il est cinq heures moins quinze**

Redewendungen für die Uhrzeit

Wieviel Uhr ist es? / Wie spät ist es?

Il est quelle heure? Quelle heure est-il?

Wann hast du morgen Schule?/ Um wie viel Uhr hast du morgen Unterricht?

Quand est-ce que tu as cours demain?

A quelle heure est-ce que tu as cours demain?

Übung: Nr. 12

Schreiben Sie die Uhrzeiten.

06h16 Lösung: Il est six heures seize.

3h17	1h20
4h01	9h10
18h20	2h30
3h15	21h45
00h30	05h45
12h30	

Die Farben – les couleurs

bleu	blau
vert	grün
noir	schwarz
gris	grau
jaune	gelb
rouge	rot
rose	rosa
violet	lila
blanc	weiß
orange	orange
marron	braun

Farben verwendet man, um Kleider oder Gegenstände zu beschreiben.

Es sind Adjektive und sie werden an ihr Bezugswort angepasst.

Bleu, vert, noir, gris werden im Singular und Plural normal angepasst.

Un avion (Flugzeug) bleu, un avion vert, un avion noir, un avion gris
Des avions bleus, des avions verts, des avions noirs, des avions gris.
Une voiture (Auto) bleue, une voiture verte, une voiture noire, une voiture grise.
Des voitures bleues, des voitures vertes, des voitures noires, des voitures grises.

Rouge, rose, jaune bleiben im Singular unverändert.

Un avion rouge, un avion rose, un avion jaune.
Des avions rouges, des avions roses, des avions jaunes.
Une voiture rouge, une voiture rose, une voiture jaune.
Des voitures rouges, des voitures roses, des voitures jaunes.

Violet

Un avion violet, des avions violets
Une voiture violette, des voitures violettes.

Blanc

Un avion blanc, des avions blancs.
Une voiture blanche, des voitures blanches.

Orange, marron

Un avion orange, des avions orange.
Une voiture orange, des voitures orange.

Un maison marron, des maisons marron.
Une voiture marron, des voitures marron.

Übung: Nr. 13

Gleichen Sie Farbe an das Nomen an.

Beispiel: la pomme (f) rouge. Lösung: la pomme rouge

La voiture (f) vert. La voiture verte.

Des Jeans (m) noir

Une jupe (f) violet

Un chemin (m) blanc

Une robe (f) orange

Une chaussure (f) blanc

Une veste (f) bleu

Les chaussettes (f) gris

Les t-shirts (m) jaune

Le gant (m) marron

Une jupe (f) noir

Die Familie – la famille

Vokabeln

la famille	die Familie
le père	der Vater
la mère	die Mutter
le fils	der Sohn
la fille	die Tochter
le frère	der Bruder
la soeur	die Schwester
le grand-père	der Großvater
la grand-mère	die Großmutter
les parents	die Eltern
les enfants	die Kinder
le mari	der Ehemann
la femme	der Ehefrau

Übung: Nr. 14

Bitte ergänzen Sie die Sätze

Beispiel: Mon (Großvater) s'appelle Jean.
Lösung: Mon grand-pére s'appelle Jean.

Voici ma (Schwester).

Il est mon (Bruder).

Ce sont mes (Schwestern).

Ma (Mutter) s'appelle Manon.

Mon (Vater) a trente-six ans.

Mes (Eltern) ont trois (Kinder).

J´ai une (Schwester) et un (Bruder).

Ma (Großmutter) s'appelle Mathilda.

Voici mon (Ehemann).

Voici ma (Ehefrau).

Teil 3. Alltagssätze und Vokabeln

Wichtige erste Urlaubsvokabeln

Nous sommes en vacances [nu soms ɛ vakɑ̃s]	Wir sind in den Ferien
Où sont les toilettes? [u sɔn le toaˈlɛtə]	Wo sind die Toiletten?
Je suis allemand [jeːsɥis almɑ̃]	Ich bin Deutscher
Je suis allemande [jeː sɥis almɑ̃d]	Ich bin Deutsche
Je cherche... le musée [jeː ʃɛʀʃ ...lə myze]	Ich suche... das Museum
Combien ça coûte [kɔ̃bjɛ̃ sa kut]	Wie viel kostet das?
J'aime le ... chocolat [j em lə... ʃɔkɔla]	Ich liebe Schokolade
J'aimerais ... un verre de vin [j emeʀɛ ... œ̃ vɛʀ dy vɛ̃]	Ich hätte gerne ... ein Glas Wein
C'est bon [sɛ bɔ̃]	Das ist gut.

Begrüßung

Vokabeln

Bonjour [bɔ̃ʒuʀ]	Guten Tag
Bonsoir [bɔ̃swaʀ]	Guten Abend
Au revoir [o ʀ(ə)vwaʀ]	Auf Wiedersehen
Salut [saly] - wenn Sie jemanden duzen – nicht beim Eintritt in das Hotel oder ein Restaurant	Hallo
Coucou [kuku]	Hallihallo
À demain [a d(ə)mɛ̃]	Bis morgen
À bientôt [a bjɛ̃to]	Bis bald
À plus tard [a [plʊ taʀ]	Bis später

Sätze

Bonjour Madame Schmidt	Guten Tag Frau Schmidt
Bonjour Monsieur Maigret.	Guten Tag, Herr Maigret.
À bientôt, Madame Schmidt.	Bis bald, Frau Schmidt.
Au revoir, Monsieur Maigret.	Auf Wiedersehen Herr Maigret.

Übung: Nr. 15

Beispiel: Sie betreten das Hotel. Was sagen Sie? Lösung: Bonjour Madame, bonjour Monsieur.

Sie treffen Ihren Freund Pierre. Wie begrüßen Sie ihn?

Sie betreten abends das Hotel. Was sagen Sie?

Sie treffen Pierre in zwei Stunden. Was sagen Sie?

Sie verabschieden sich von Nadine. Was sagen Sie?

Sie treffen eine Gruppe von Freunden. Was sagen Sie?

Sie treffen Ihre Freunde bald wieder. Was sagen Sie?

Sie treffen Ihre Freunde morgen wieder. Was sagen Sie?

Sich Vorstellen

Vokabeln

Le nom [nɔ̃]	Der Name
s‘appeler [s aple]	heißen
Je m´appelle [jeː maˈpɛl]	Ich heiße
Monsieur [məsjø] - um einen Herrn anzusprechen	Herr
Madame [madam] - um eine Frau anzusprechen	Meine Dame, gnädige Frau
Mademoiselle [mad(ə)mwazɛl] - um eine junge Frau anzusprechen	Gnädiges Fräulein
L‘élève [elɛv] m/f	Schüler, Schülerin (ein Wort für maskulin und feminin)
L‘étudiant(e) [etydjɑ̃, etydjɑ̃t] m/f	Student, Studentin
travailler ... [tʀavaje]	arbeiten
Le métier [metje]	Beruf
venir de [v(ə)niʀ də]	kommen aus...
hobby [ˈɔbi] m	Hobby
anglais [ɑ̃glɛ] m	Englisch
français [fʀɑ̃sɛ]	Französisch
allemand [almɑ̃] m	Deutsch

Sätze

Je viens de Stuttgart.	Ich komme aus Stuttgart.
Je suis Allemand (e)	Ich bin Deutsche (r)
Mon nom est ... [mɔ̃ nɔ ɛst]	Mein Name ist...
J'ai 29 ans [je: sɥi vɛ-nœf ɑ̃s] ODER **Je suis âgé de 29 ans** [je: sɥis ɑʒe də vɛ-nœf ɑ̃s]	Ich bin 29 Jahre alt.
Bonjour Monsieur. Mon nom est Muller.	Guten Tag, mein Herr. Mein Name ist Müller.
Bonjour Monsieur Muller. Je m´appelle Schmidt.	Guten Tag, Herr Müller. Ich heiße Schmidt.
C`est ma famille. C´est ma femme Claudia Muller, ce sont nos trois enfants. Tick, Trick et Track.	Das ist meine Familie. Das ist meine Frau, Claudia Müller. Das sind unsere drei Kinder. Tick, Trick und Track.
Bonjour, les enfants. Qui est Tick?	Guten Tag, Kinder. Wer ist Tick?
C´est moi. Ce sont mes frères.	Das bin ich, das sind meine Brüder.
Bien. Je suis enchanté de faire votre connaissance. Au revoir.	Gut. Es freut mich Ihre Bekanntschaft zu machen. Auf Wiedersehen.
Mes hobbies sont ...	Meine Hobbies sind...
Je travaille comme...	Ich arbeite als...
Mon métier est...	Mein Beruf ist...
Je suis étudiant (e)	Ich bin Student(in)
Je suis élève.	Ich bin Schüler (in)

Übung: Nr. 16

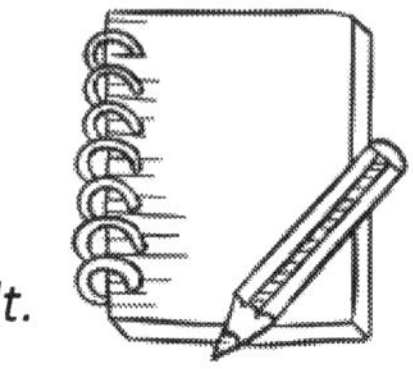

Übersetzen Sie: Guten Abend, Frau Maigret. Ich heiße Schmidt.
Lösung: Bonsoir Mme Maigret. Mon nom est Schmidt.

"Ich heiße Claude Rive. Ich bin 19 Jahre alt und Student."

____

"Hallo Claude, ich bin Nadine Arte. Ich bin 20 Jahre. Ich komme aus Lyon."

____

"Ah, ich komme aus Paris. Das ist mein Vater und meine Mutter."

____

"Es freut mich, Ihre Bekanntschaft zu machen. "

____

Nach Wohlbefinden fragen

Vokabeln

Oui [wi]	Ja
Non [nɔ̃]	Nein
Merci [mɛʀsi]	Danke
De rien [də ʀjɛ̃]	Keine Ursache
Comment allez-vous? [kɔmɑ̃t⊠alevu]	Wie geht es Ihnen?
Comment vas-tu? [kɔmɑ va ty]	Wie geht es dir?

Très bien merci [tʀɛ bjɛ̃ mɛʀsi]	Sehr gut, danke
Et vous? Et toi? [E vu? E twa?]	Und Ihnen? Und dir?
Comme ci comme ça [kɔm si kɔm sa]	So lala
dormir [dɔʀmiʀ]	schlafen

Sätze

Comment allez-vous?	Wie geht es Ihnen?
Très bien, merci. Et vous?	Sehr gut, danke. Und Ihnen?
Très bien, merci.	Sehr gut, danke.
Vous avez bien dormi?	Haben Sie gut geschlafen?
Oui, merci.	Ja, danke.

Übung: Nr. 17

Übersetzen Sie: Hallo Nadine, wie geht es dir?

Lösung: Salut, Nadine comment vas-tu?

Danke Claude. So lala. Und dir?

____

Mir geht es sehr gut.

____

Einfache Fragen und Antworten

Ça va bien?	Geht es (dir/Ihnen) gut?
Oui ça va bien.	Ja, es geht gut.
Vous êtes de Paris? Tu es de Paris?	Sind Sie aus Paris?
Oui je suis de Paris.	Ja, ich bin aus Paris.
Tu travailles pour ta grand-mère?	Du arbeitest für deine Großmutter?
Oui je travaille pour ma grand-mère.	Ja, ich arbeite für die Großmutter.
Comment tu t'appelles?	Wie heißt du?
Je m'appelle Marie-Claire.	Ich heiße Marie-Claire.

Qui est-ce? Wer ist das?

Mit dieser Frage fragen Sie nach Personen und Tieren, die zum Haushalt gehören.

C'est Mme Lagarde. C'est notre chien. C'est mon papa. C'est le chat minouche. C'est grand-mère.

Das ist Mme Lagarde. Das ist unser Hund. Das ist mein Papa. Das ist der Kater Minouche. Das ist Großmutter.

Qu'est-ce que c'est?

Mit dieser Frage fragen Sie nach einer Sache oder einem Tier, z. B. im Wald.

C'est une maison. C'est un stylo. C'est une chanson. C'est l'école d'Alex.

Das ist ein Haus. Das ist ein Stift. Das ist ein Lied. Das ist die Schule von Alex.

Qu'est-ce que c'est en français?	Was ist das auf Französisch?

So können Sie nach einem französischen Wort fragen.

C'est « livre » en français.	Das ist "Buch" auf Französisch.
Qu'est-ce que tu aimes?	Was liebst du?
J'aime Paris.	Ich liebe Paris.
Qu'est-ce que tu détestes?	Was verabscheust du?
Je déteste le français.	Ich hasse Französisch (eine offensichtliche Lüge).

Wenn Sie Ihre Meinung sagen möchten

A mon avis... il faut changer le règlement.	Meiner Meinung nach müssen die Regeln geändert werden.
Personnellement je préfère ...le t-shirt bleu.	Ich persönlich bevorzuge ... das blaue T-Shirt.
Pour moi ... le mur est plutôt vert.	Für mich .... sieht die Mauer grün aus.
D'accord.	Einverstanden.
C'est exact.	Das stimmt.
Je ne suis pas d'accord.	Damit bin ich nicht einverstanden.
Ce n'est pas vrai.	Das stimmt nicht.

Übung: Nr. 18

Stellen Sie die richtige Frage.

Beispiel: Elle porte un sac à dos (**was** trägt sie?).
Lösung: Qu`est-ce qu´elle porte?

1. Elle parle (wer),

2. Elle regarde un film (wer).

3. Elle travaille pour l'école (wer).

4. Elle écoute (wer).

5. Lucie mange une baguette. (was macht sie).

6. J'habite dans la rue Lamartine. (wo).

7. Je travaille dans l'école (wo).

8. Je suis ici (wo).

9. Nous sommes ici (wo).

Redewendungen

T'inquiète!	Mach dir keine Sorgen!
T'inquiète, je gère	Keine Panik, ich habe alles im Griff.
Comment ça se fait?	Wie kommt's?
Si ça se trouve	Vielleicht.
C'était anormal.	Das ist unnormal.
Fais attention!	Pass auf.
Ne fais pas ça!	Tun sie das nicht!
Je vais bien merci.	Mir geht es gut.
Je suis désolé.	Es tut mir sehr leid.
S'il vous plaît laissez-moi passer.	Bitte lassen Sie mich durch.

Übung: Nr. 19

Welche Aussagen passen zu welcher Situation?

Auf dem Flughafen versperrt eine Gruppe Reisender den Weg. *Lösung: S'il vous plaît laissez-moi passer*

Je vais bien merci ______________________________

Ne fais pas ça ______________________________

T'inquiète! ______________________________

Je suis désolé ______________________________

Comment ça ce fait? ______________________________

__Situation__:

1. Nicolas ist noch nicht beim Frühstück.

2. Sie sind auf der Straße hingefallen. Ein Passant erkundigt sich nach Ihrem Befinden.

3. Sie haben Ihrem Sitznachbarn Kaffee über die Hose gegossen.

4. Ihr Kind will das Fernglas nehmen.

5. Sie können das Schwimmbad heute nicht benutzen.

Small Talk

Beim französischen Smalltalk wählt man allgemeine und harmlose Themen. Sie können über Ihre Situation reden, Sie stehen z.B. in der Schlange.

Bonjour vous êtes nouvelle ici?	Guten Tag, Sie sind neu hier?
Oui c'est mon premier jour.	Ja, das ist mein erster Tag.
Je me présente. Je m'appelle Laurent.	Ich darf mich vorstellen. Ich heiße Laurent.
Enchantée Laurent, moi c'est Claire.	Sehr erfreut Laurent, ich bin Claire.
Et tout se passe bien?	Und ist alles in Ordnung?
Oui. Merci, tout va bien.	Ja, danke, alles ist gut.
Bonjour, tu es nouvelle ici?	Guten Tag, Du bist neu hier?
Oui c'est mon premier jour à **l´hôtel.** **Je suis la première fois** à **Paris.**	Ja, das ist mein erster Tag im Hotel. Ich bin zum ersten Mal in Paris.
Tu aimes voyager? **Ah oui, J'adore ça.**	Reist du gerne? Oh ja, ich mag es schrecklich gerne.

Tu préfères voyager comment?	Wie reist du am liebsten?
Je préfère le train.	Am liebsten mit dem Zug.
Et pourquoi? Il n'est pas rapide.	Aber warum? Er ist nicht schnell.
Ce n'est pas grave. Quand on est en vacances on a le temps, n'est-ce pas?	Das macht nichts. Wenn man in den Ferien ist, hat man Zeit, nicht wahr?
Oui bien sûr. Bonne journée et bon voyage.	Ja, natürlich. Einen schönen Tag und eine gute Reise.
Merci. Bonne journée.	Danke, einen schönen Tag.
Bonjour ça va?	Guten Tag, wie geht´s?
Très bien merci.	Sehr gut, danke.
Vous avez un problème?	Gibt es ein Problem?
Non tout va bien.	Nein, alles ist gut.
Vous attendez le bus?	Warten Sie auf den Bus?
Oui vous aussi?	Ja, Sie auch?
Oui vous le prenez souvent?	Ja, nehmen Sie ihn oft?
Mais oui tous les jours.	Aber ja, jeden Tag.
On a de la chance. Il ne pleut pas aujourd'hui. J'espère que ça va durer.	Wir haben Glück, es regnet heute nicht. Ich hoffe, es hält an.
Je ne pense pas.	Ich glaube nicht.
Quel dommage. Ah, le bus arrive. A bientôt.	Was für eine Schande. Ah, der Bus kommt. Bis bald.
À bientôt!	Bis bald!

Anreise und Verkehr

Auto – la voiture

Vokabeln

La voiture [vwatyʀ]	Das Auto
La station-service [stasjɔ̃sɛʀvis]	Die Tankstelle
Le parking [paʀkiŋ]	Der Parkplatz
La roue de secours [ʀu də s(ə)kuʀ]	Der Ersatzreifen
Le parking souterrain [paʀkiŋ suteʀɛ̃]	Die Tiefgarage
La location [lɔkasjɔ̃ də vwatyʀ]	Autovermietung
payer [peje]	zahlen
Carte de crédit [kaʀt də kʀedi]	Die Kreditkarte
le permis de conduire [pɛʀmi a kɔ̃dɥiʀ]	Der Führerschein
Le réservoir [rezɛrˈvoaːɐ]	Der Benzintank
l´assurance [asyʀɑ̃s] f	Die Versicherung
Le prix [pʀi]	Preis
réserver [ʀezɛʀve]	reservieren
(Se) trouver [sə tʀuve]	Finden, sich befinden
Le garage [gaʀaʒ]	Die Autowerkstatt
libre [libʀ]	Frei verfügbar
La semaine [s(ə)mɛn]	Die Woche
l´éraflure [eʀɑflyʀ] f	Der Kratzer

Sätze

Bonjour je m'appelle Schmidt. J'ai réservé une voiture.
Guten Tag, ich heiße Schmidt. Ich habe ein Auto reserviert.

Voici la confirmation (de la commande) et mon permis de conduire.
Hier ist die (Bestell-)Bestätigung und mein Führerschein.

Qu'est-ce que vous avez comme voiture de libre?
Welches Auto haben Sie verfügbar?

Je voudrais une voiture pour une journée/ pour deux jours/pour une semaine.
Ich würde gerne einen Mietwagen für einen Tag/zwei Tage/ eine Woche mieten...

Je voudrais payer avec une carte de crédit.
Ich würde gerne mit Kreditkarte bezahlen.

Ce prix ne comprend pas...
Der Preis beinhaltet nicht...

Veuillez noter que le véhicule a une éraflure **(eine Schramme) / une bosse là (eine Delle) ...**
Bitte notieren, Sie, dass das Auto dort einen Kratzer / eine Delle hat.

Übung: Nr. 20

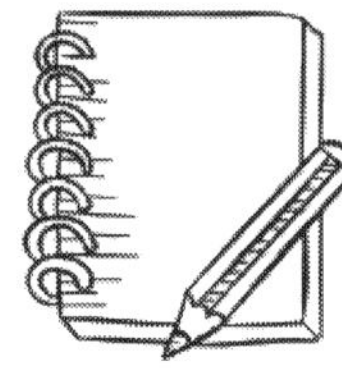

Setzen Sie die richtigen Worte ein:

réservoir	**éraflure**	**roue**
le prix	**voudrais**	**permis**

Beispiel: Bonjour, j´ai .... une voiture.

Lösung. *réservé*

1. Ce ________________ ne comprend pas une assurance.

2. Voici mon ________________ de conduire.

3. Le ________________ est à moitié plein.

4. Voyez, la voiture a une ____________________ là.

5. Je ________________payer avec la carte de crédit.

6. La voiture n´a pas de _____________________ de secours.

Am Flughafen - à l'aéroport

Vokabeln

l´aéroport [aeʀopɔʀ] m	Der Flughafen
Le vol [vɔl]	Der Flug
enregistrer [ɑ̃ʀ(ə)ʒistʀe]	registrieren, aufzeichnen

Le billet [bijɛ]	Das Ticket
changer [ʃɑ̃ʒe]	ändern
Côte-à-côte [kɔt a kɔt]	Nebeneinander
bagages à main. [bagaʒ a mɛ̃]	Handgepäck
Déclarer qc [deklaʀe]	Etwas verzollen
objet métallique [ɔbʒɛ metalik] m	Metallischer Gegenstand
la poche [pɔʃ]	Die Tasche
Se retarder [sə ʀ(ə)taʀde]	Sich verspäten
Le bagage [bagaʒ]	Das Gepäck
Le passeport [pɑspɔʀ]	Der Reisepass
Le passager [pɑsaʒe]	Der Passagier
Destination Nice	nach Nizza

Sätze

Où peut-on enregistrer les bagages?
Wo kann ich das Gepäck einchecken?

Est-ce qu'il reste des billets standby pour Paris?
Gibt es noch Standby Tickets nach Paris?

Je voudrais changer de vol.
Ich möchte den Flug umbuchen.

On voudrait deux places côte-à-côte.
Wir möchten zwei Plätze nebeneinander.

Est-ce que je peux porter cela comme bagages à main.
Kann ich das als Handgepäck nehmen?

Voici vos cartes d’embarquement.
Hier sind Ihre Bordkarten.

Avez-vous quelque chose à déclarer?
Haben Sie etwas zu verzollen?

Veuillez sortir tous les objets métalliques de vos poches.
Bitte nehmen Sie alle metallischen Gegenstände aus den Taschen.

Le vol est retardé de 30 minutes.
Der Flug verspätet sich um 30 Minuten.

Mes bagages ne sont pas là.
Mein Gepäck ist nicht da.

Übung: Nr. 21

Sie möchten Standbye-Tickets nach Montreal. Wie fragen Sie?

Lösung: Est-ce qu’il reste des billets standby pour Montréal?

Was heißt das? Richtig oder Falsch?

Avez-vous quelque chose à déclarer?
Bitte erzählen Sie mir etwas.

Le vol est retardé de 30 minutes.
Der Flug geht in 30 Minuten zurück.

Mes bagages ne sont pas là.
Ich habe kein Gepäck.

Voici vos cartes d'embarquement.
Hier sind ihre Bordkarten.

On voudrait deux places côte-à-côte.
Wir möchten zwei Plätze hintereinander.

Verkehrsmittel

Vokabeln

prendre [pʀɑ̃dʀ]	nehmen
Le taxi [taksi]	Das Taxi
Le bus [bys]	Der Bus
cher (chère) [ʃɛʀ]	teuer
rentrer [ʀɑ̃tʀe]	zurückkehren
savoir [savwaʀ]	wissen
moins [mwɛ̃]	weniger
plus [plʊs]	mehr
mais [mɛ]	aber
coûter [kute]	kosten
agréable [agʀeabl]	angenehm
Le pied [pje]	Der Fuß
À pied	Zu Fuß

s'il vous plaît [s il vu plɛ]	Bitte
excuser [ɛkskyze]	entschuldigen
Excusez-moi	Entschuldigen Sie
regretter [ʀ(ə)gʀete]	bedauern
espèce [ɛspɛs]	Bargeld
Il faut payer en espèces.	Es muss bar bezahlt werden.

Dialog:

Comment on rentre?
Wie kommen wir zurück?

Je ne sais pas. On prend le bus?
Ich weiß nicht. Nehmen wir den Bus?

Non, on prend un taxi.
Nein, wir nehmen ein Taxi

Le bus est moins cher. Le taxi coûte cher.
Der Bus ist billiger, das Taxi kostet mehr.

Oui, mais un taxi est plus agréable.
Ja, aber ein Taxi ist angenehmer.

Bonsoir, à l`hôtel chez Maigret s'il vous plaît.
Guten Abend, zum Hotel chez Maigret bitte.

Excusez-moi. Vous prenez une carte de crédit?
Entschuldigen Sie, nehmen Sie eine Kreditkarte?

Non, je regrette. Il faut payer en espèces.
Nein, ich bedauere. Sie müssen bar zahlen.

Weitere Sätze:

Où est l'arrêt de bus?
Wo ist die Bushaltestelle?

A quelle heure arrive le bus?
Wann kommt der Bus?

A quelle heure part le train?
Wann fährt der Zug?

Aller et retour?
Hin- und Rückfahrt?

Je voudrais une place côté fenêtre.
ich hätte gerne einen Fensterplatz.

Ça fait combien?
Wie viel kostet es?

Combien de temps dure le voyage en train?
Wie lange dauert die Fahrt?

De quelle voie part le train?
Von welchem Gleis fährt der Zug?

Cette place est-elle libre?
Ist dieser Platz frei?

Übung: Nr. 22

Richtig oder falsch? Welche Aussagen passen zum Dialog?
Beispiel: Ils prennent le bus. Lösung: falsch

1. Ils prennent le taxi

2. Ils ne prennent pas le bus.

3. Le bus est plus cher que le taxi.

4. Le taxi est moins cher que le bus.

5. Le taxi est plus agréable.

6. Ils paient avec la carte de crédit.

7. Ils paient en espèces.

Die Reklamation – la réclamation

sich beschweren - Vokabeln

La réclamation [ʀeklɑmasjɔ̃]	Reklamation Beschwerde.
manquer [mɑ̃ke]	fehlen
Incorrect(e) [ɛ̃kɔʀɛkt]	Falsch, fehlerhaft
L'addition [adisjɔ̃] f	Die Rechnung
sale [sal]	schmutzig
nettoyer [netwaje]	putzen
La couverture [kuvɛʀtyʀ]	Bettdecke

Autre [otʀ]	Andere/r/s
bruyant(e) [bʀyjɑ̃, bʀɥijɑ̃, jɑ̃t]	laut
Balcon [balkɔ̃]	Balkon
La porte [pɔʀt]	Die Tür
La carte d'accès [kaʀt daksɛ] f	Die Schlüsselkarte
oublier [ublije]	vergessen
Malheureusement [maløʀøzmɑ̃]	Leider, unglücklicherweise
ouvrir [uvʀiʀ]	öffnen
L'armoire [aʀmwaʀ] f	Der Schrank
La climatisation [klimatizasjɔ̃]	Klimaanlage
fonctionner [fɔ̃ksjɔne]	funktionieren, arbeiten

Sätze

Il manque une couverture de lit. J´ai froid. Je voudrais une couverture supplémentaire, s´il vous plait.
Es fehlt eine Decke. Mir ist kalt. Ich möchte bitte eine weitere Decke haben.

J´ai fermé la porte. Malheureusement j´ai oublié ma carte d'accès dans la chambre. Pouvez-vous ouvrir la porte, s´il vous plaît?
Ich habe die Türe geschlossen. Leider habe ich die Zimmerkarte vergessen. Können Sie bitte die Tür öffnen?

La chambre est trop bruyante.
Das Zimmer ist zu laut.

Ma chambre n'a pas de balcon. J´ai réservé une chambre avec balcon.
Mein Zimmer hat keinen Balkon. Ich habe ein Zimmer mit Balkon reserviert.

La salle de bain est sale. Nettoyez la douche s´il vous plaît.
Das Badezimmer ist schmutzig. Bitte reinigen Sie die Dusche.

L´addition est incorrecte.
Die Rechnung stimmt nicht.

J´ai une réclamation.
Ich habe eine Beschwerde.

Il n'est pas possible, d'ouvrir l'armoire.
Es ist nicht möglich, den Schrank zu öffnen.

La climatisation ne fonctionne pas.
Die Klimaanlage funktioniert nicht.

Übung: Nr. 23

Setzen Sie das richtige Wort ein.

ouvrir	**nettoyez**	**couverture**	**climatization**
carte d'accès	**bruyante**	**reclamation**	**incorrecte**

Beispiel: La chambre a une terrasse mais je voudrais une chambre avec ....
Lösung: La chambre a une terrasse mais je voudrais une chambre avec *balcon*.

A: Ma chambre est trop chaude, la ___________ ne fonctionne pas.

B: Je ne peux pas entrer dans ma chambre, je ne peux pas ________ la porte.

C: La porte est fermée, j´ai oublié ma ___________.

D: La chambre est trop _______________ je voudrais une chambre plus calme.

E: La douche est sale. ___________la douche s´il vous plaît.

F: L´addition est de plus de 500 Euro. L`addition est _____________

G: Puis-je avoir une autre_____________ je veux dormir, j`ai froid.

H: J`ai une _____________, il n`est pas possible d´ouvrir l`armoire.

Unterkunft – le logement

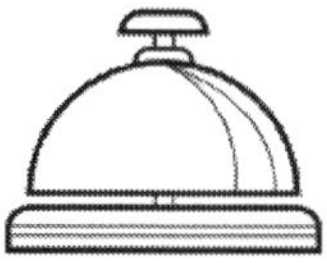

Buchen - Vokabeln

Le logement [lɔʒmɑ̃]	Die Unterkunft
La réservation [ʀezɛʀvasjɔ̃]	Die Reservierung
Faire une réservation	Eine Reservierung machen
réserver	reservieren
Une chambre [ʃɑ̃bʀ]	Ein Zimmer
regretter [ʀ(ə)gʀete]	bedauern
Complet [kɔ̃plɛ]	Ausgebucht
La nuit [nɥi]	Die Nacht
L'adulte [adylt] m/f	Erwachsene(r)
Une salle de bains [sal də bɛ̃]	Ein Badezimmer
Un lit double [li dubl]	Ein Doppelbett
Un lit pour une personne	Ein Einzelbett
Le sous-sol [susɔl]	Das Untergeschoss
L'étage [etaʒ] m	Das Stockwerk
En haut [ɑ̃ ´o]	Oben, nach oben
En bas [ɑ̃ bɑ]	Unten, nach unten
Le déjeuner [deʒœne]	Mittagessen
Le dîner [dine]	Abendessen
L´ascenseur [asɑ̃sœʀ] m	Der Lift
Le tarif [taʀif]	Tarif, Preis
Le reçu [ʀ(ə)sy]	Die Quittung

Sätze

Réservation de chambres à **l'hôtel.**
Zimmerreservierung im Hotel.

Bonjour, avez-vous une chambre de libre?
Guten Tag, haben Sie ein Zimmer frei?

Je regrette, nous sommes complets.
Ich bedauere, wir sind ausgebucht.

J'ai une réservation.
Ich habe eine Reservierung.

Je n'ai pas de réservation / Je n'ai pas réservé
Ich habe keine Reservierung / ich habe nicht reserviert.

Je voudrais une chambre pour une nuit.
Ich brauche ein Zimmer für eine Nacht.

Pour deux adultes et un enfant.
Für zwei Erwachsene und ein Kind.

Avec salle de bains et toilettes.
Mit Badezimmer und Toilette.

Avec un lit double et un lit simple.
Mit einem Doppelbett und einem Einzelbett.

La chambre est au sous-sol?
Ist das Zimmer im Untergeschoss?

Au dernier étage.
Im obersten Stock

Vous avez un ascenseur?
Haben Sie einen Lift?

Où se trouve l'hôtel?
Wo befindet sich das Hotel?

Quels sont vos tarifs?
Was kostet das / welche Preise haben Sie?

Cela inclut-il le petit-déjeuner?
Ist im Preis das Frühstück enthalten?

Très bien la réservation est faite. Voilà le reçu.
Sehr gut, die Reservierung ist gemacht. Hier ist Ihre Quittung.

C'est parfait. Merci. Au revoir.
Perfekt. Danke. Auf Wiedersehen.

Übung: Nr. 24

Bitte ergänzen Sie die Sätze.

Beispiel: La chambre est au dernier..........

Lösung: La chambre est au dernier étage.

Je ___________________faire une réservation.

Il y a deux adultes, vous avez une chambre avec un lit ________________?

La réservation est faite. Voilà le ______________________

Je voudrais une chambre avec douche ou avec une ___________de_________

Je regrette. Nous sommes ___________________

La chambre est au dernier étage, prenez l`___________________

La chambre est en haut où __________________

La chambre coûte combien? Quels sont vos _________________?

Je voudrais une chambre au dernier ________________________

Je suis un touriste. L'hôtel se trouve____________________?

Unterkunft – le logement

Camping – Vokabeln

Le branchement électrique [bʀɑ̃ʃmɑ elɛktʀik]	Der Stromanschluss
La tente [tɑ̃t]	Das Zelt
La caravane [kaʀavan]	Der Wohnwagen
L´emplacement [ɑ̃plasmɑ̃]m	Stellplatz
Le camping [kɑ̃piŋ]	Das Zelten
La lampe de poche [lɑ̃p də [pɔʃ]	Die Taschenlampe
Douches chaudes [duʃ ʃod] f	Warme Dusche
Le forfait [fɔʀfɛ]	Die Pauschale
En supplément [ɑ̃ syplemɑ̃]	Zusätzlich
La nuitée [nɥite]	Die Übernachtung
Le sèche-linge [sɛʃlɛ̃ʒ]	Wäschetrockner
Prêter [pʀete]	Leihen
L`épicerie [episʀi]	Der Lebensmittelladen

Sätze

Vous avez un emplacement pour une tente?
Haben sie einen Platz für ein Zelt?

Vous avez un emplacement pour une caravane?
Haben sie einen Platz für einen Wohnwagen?

Un emplacement avec le branchement électrique.
Ein Stellplatz mit Stromanschluss.

Quel-est le tarif pour quatre personnes par nuitée?
Was ist der Preis für vier Personen pro Übernachtung?

Le parc comprend un terrain de camping avec 90 emplacements.
Der Park umfasst einen Campingplatz mit 90 Stellplätzen.

La réservation des emplacements de camping débutera le ...
Die Reservierung der Stellplätze beginnt am...

Animaux autorisés sur les emplacements.
Tiere erlaubt an den Stellplätzen.

Le tarif pour une caravane est ......
Der Preis für ein Wohnmobil ist...

Inclus dans le forfait...
In der Pauschale eingeschlossen...

Que voir à proximité du camping?
Was können wir in der Nähe des Campingplatzes besichtigen?

Pouvez-vous me prêter un...
Können Sie mir ... leihen?

Übung: Nr. 25

Schreiben Sie den Satz auf Französisch. (Versuchen Sie es, auch wenn die Aufgabe etwas schwieriger ist. Nehmen Sie die Sätze und Vokabeln als Hilfe)

Beispiel: Ist in der Pauschale der Trockner eingeschlossen?

Lösung: Le sèche-linge est inclus dans le forfait?

Was können wir in der Nähe des Campingplatzes besichtigen?

____

Hunde sind nicht erlaubt.

____

Können Sie mir Ihre Taschenlampe leihen?

____

Wir hätten gerne einen Stellplatz mit Stromanschluss.

____

Die Pauschale beträgt 20 Euro.

____

Dusche ist nicht eingeschlossen.

____

Wann beginnt die Reservierung der Stellplätze?

____

Gibt es einen Lebensmittelladen?

____

Ihr Stellplatz ist der zweite links.

Wir zahlen für eine Nacht.

Unterkunft– le logement

Vokabeln - Ferienwohnung

La maison de vacances [mɛzɔ̃ də [ʃɛkvakɑ̃s]	Das Ferienhaus
La serviette [sɛʀvjɛt]	Das Handtuch
La clé [kle]	Der Schlüssel
La parure de lit [paʀyʀ də lit]	Die Bettwäsche
montrer [mɔ̃tʀe]	zeigen
La Plage [plaːgə]	Der Strand
loin [lwɛ̃]	weit
Le loyer [lwaje]	Die Miete
L'animal de compagnie [animal də kɔ̃paɲi]	Das Haustier
Le village de vacances [vilaʒ də ʃɛkvakɑ̃s]]	Die Ferienanlage
Le jour d'arrivée [ʒuʀ d aʀive]	Der Anreisetag
La machine à laver [maʃin]	Die Waschmaschine

La machine à laver la vaisselle	Die Geschirrspülmaschine
La vaisselle [vɛsɛl]	Das Geschirr
coucher [kuʃe]	schlafen
Avoir besoin de qc [avwaʀ bəzwɛ dã]	Etwas brauchen
Le séjour [seʒuʀ]	Das Esszimmer
Canapé convertible [kanape kɔ̃vɛʀtibl]	Die Schlafcouch
La kitchenette [kitʃənɛt]	Die Küchenzeile

Sätze

Je vais vous montrer la maison.
Ich werde Ihnen das Haus zeigen

Je vais vous donner les clés
Ich werde Ihnen die Schlüssel geben.

Si vous avez besoin de quelque chose ...
Wenn Sie etwas brauchen...

Est-ce qu'il y a une piscine?
Gibt es einen Pool?

La maison se trouve où?
Wo liegt das Haus?

À **quelle distance se trouve la plage?**
Wie weit ist es bis zum Strand?

Est-ce qu`il y a des photos sur internet?
Gibt es Fotos im Internet?

Le loyer ça **fait combien?**
Wie hoch ist der Mietpreis?

La maison est composée de 3 chambres.
Das Haus hat drei Zimmer.

Le couchage est pour combien de personnes?
Wie viele Personen können hier schlafen?

Les animaux sont-ils admis?
Sind Haustiere erlaubt?

Il y a un jour d'arrivée fixe?
Gibt es einen festen Anreisetag?

L' électricité **est comprise dans les charges du loyer?**
Ist der Stromverbrauch im Mietpreis enthalten?

Comment obtenir les clés de la maison?
Wo bekommen wir die Schlüssel für das Haus?

Nous avons besoin d`un lit d'enfant.
Wir brauchen ein Kinderbett.

Le prix comprend le nettoyage final et le linge de lit.
Der Preis beinhaltet die Endreinigung und Bettwäsche

La maison dispose-t-elle d'une connexion Wi-Fi?
Hat das Haus WLAN?

Übung: Nr. 26

Finden Sie für jede Zahl den passenden Buchstaben. (Für jede Frage eine Antwort und umgekehrt)

Beispiel: Vous avez besoin de qc?

Lösung: Nous avons besoin d`un lit d´enfant.

1. Le jour d´arrivée est fixe.
2. La maison a combien de chambres?
3. Je vous donne les clés.
4. Le loyer c´est 100 euros par jour.
5. Non, je regrette, il n’y a pas de piscine
6. Le nettoyage ça fait combien?
7. Non, pas de chiens.
8. Le couchage est fait pour 3 personnes.
9. Bien sûr, notre maison est sur internet.
10. Qui va nous montrer la maison?

A. Le prix comprend le nettoyage final et le linge de lit.

B. Est-ce qu`il y a des photos sur internet.

C. Est-ce qu`il y a une piscine?

D. Il y a un jour d’arrivée fixe?

E. La maison est composée de 3 chambres.

F. Comment obtenir les clés de la maison?

G. Les animaux sont admis?

H. Le couchage est pour combien de personnes?

I. Je vais vous montrer la maison.

J. Le loyer ça fait combien?

Unterkunft – le logement

Vokabeln - Jugendherberge

L'auberge de jeunesse [obɛʀʒ ʒœnɛs]	Die Jugendherberge
Les gérants de l'auberge [ʒeʀɑ̃s də lobɛʀʒ] m	Die Herbergseltern
Le dortoir féminin [dotwaʀ feminɛ̃]	Der Schlafsaal für Frauen
La salle de bain partagée [paʀtaʒe]	Das Gemeinschaftsbad
autonome [otonom]	unabhängig
Arriver [aʀive]	Ankommen
Des espaces communs [ɛspas kɔmœ̃] m	Die Gemeinschaftsräume
Accessible 24h/24 [aksesibl]	24 Stunden (zugänglich)
découvrir [dekuvʀiʀ]	entdecken
La restauration [ʀɛstɔʀasjɔ̃] f	Die Gastronomie
Recommander [ʀ(ə)kɔmɑ̃de]	Empfehlen
Les horaires d'accueil [ɔʀɛʀ dakœj] m	Öffnungszeiten

Sätze Dialog:

Bonsoir. Bienvenue. Nous sommes les gérants de l´auberge
Guten Abend, willkommen. Wir sind die Herbergseltern.

A quelle heure faut-il arriver?
Um wieviel Uhr soll man ankommen?

L´Auberge est accessible 24/24.
Die Jugendherberge ist 24 Stunden zugänglich.

Quelle restauration y a-t-il?
Welche Gastronomie gibt es?

Je veux découvrir Paris.
Ich will Paris entdecken.

Je vous recommande absolument de voir la tour d´Eiffel
Ich empfehle Ihnen unbedingt, den Eiffelturm zu besichtigen.

Le dortoir féminin est pour 10 personnes.
Der Schlafsaal für Frauen ist für 10 Personen.

Vous arriverez quand vous voulez et vous êtes autonome.
Sie kommen an, wann Sie wollen, und sind ganz unabhängig.

Übung: Nr. 27

Dialog:

Stimmt das Gesagte? Versuchen Sie in einem Satz zu antworten.

Beispiel: Le dortoir féminin est ~~à~~ pour 6 personnes?
Lösung: Ce n'est pas vrai. Il est pour 10 personnes.

1. Il faut arriver à trois heures.

   ____

2. La tour d´Eiffel est terrible.

   ____

3. L´Auberge est accessible 24/24

____

4. Je déteste Paris.

____

5. Les gérants de l´auberge ne parlent pas avec vous.

____

Wegbeschreibung – l`itinéraire

Vokabeln

L`itinéraire [itineʀɛʀ] m	Die Route, die Wegbeschreibung
sortir [sɔʀtiʀ]	hinausgehen
tourner [tuʀne]	Drehen (sich) wenden
À **gauche** [a goʃ]	Links
À **droite** [a dʀwat]	Rechts
tout droit [tu dʀwa]	Geradeaus
continuer [kɔ̃tinɥe]	weitergehen
traverser [tʀavɛʀse]	überqueren
La place [plas]	Ein Platz
prendre le bus	Den Bus nehmen

Le vélo [velo]	Das Fahrrad
Le feu [fø]	Die Ampel
aller à pied	Zu Fuß gehen
La rue [ʀy] (Stadt), **la route** [ʀut] (außerhalb der Stadt)	Die Straße
La gare [gaʀ]	Der Bahnhof
Le carrefour [kaʀfuʀ]	Die Kreuzung
Jusque [ʒysk] **Jusqu'à**	Bis zu
puis [pɥi]	dann, danach
Le premier [pʀəmje] **la première** [prəˈmjeːrə]	Der erste, die erste
Le / la deuxième [døzjɛm]	Der, die, das die zweite
Le parc [paʀk]	Der Park
Le pont [pɔ̃]	Die Brücke
derrière [dɛʀjɛʀ]	hinter (räumlich)
avant [avɑ̃]	vor
loin [lwɛ̃]	weit

Sätze

Sortez de la gare.
Gehen Sie aus dem Bahnhof.

Traversez la place d'Orléans.
Überqueren Sie den Orléansplatz.

Vous continuez tout droit jusqu'au feu.
Sie gehen geradeaus bis zur Ampel.

Là, vous tournez à gauche.
Dort wenden Sie sich nach links.

Prenez la rue Louis.
Nehmen die Luis-Straße.

Allez jusqu'au grand carrefour.
Gehen Sie bis zur großen Kreuzung.

Tournez à droite.
Wenden Sie sich nach rechts.

Continuez et tournez à droite au premier feu.
Gehen Sie weiter und biegen Sie an der ersten Ampel rechts ab.

Puis continuez tout droit.
Dann gehen sie geradeaus weiter.

La rue Edison est la première rue à gauche.
Die Edisonstraße ist die erste Straße links.

Excusez- moi. Où se trouve le collège Jeanne d'arc?
Entschuldigung, wo ist das College Jeanne d'Arc?

Traversez le pont.
Überqueren Sie die Brücke.

Allez à la station de métro.
Gehen Sie zur Metro-Station

Et voilà, vous êtes **devant...**
Und hier sind sie vor...

Le collège n'est pas loin.
Das College ist nicht weit weg.

Vous êtes **ici ...**
Hier sind Sie ...

C'est à dix minutes à pied.
Es sind 10 Minuten zu Fuß.

À **gauche se trouve le musée d'Orsay**
Links befindet sich das Museum d'Orsay

Derrière la cathédrale.
Hinter der Kathedrale.

Avant la cathédrale.
Vor der Kathedrale.

Übung Nr. 28

Ordnen Sie den französischen Sätzen die richtige deutsche Übersetzung zu.

1. Vous sortez de la gare et traversez la place.
2. Le station de métro se trouve à gauche.
3. Vous continuez tout droit.
4. Vous continuez jusqu´au premier feu.
5. Prenez le vélo.
6. C`est à dix minutes.
7. Derrière le carrefour se trouve une cathédrale.
8. Voilà, vous êtes devant l`école.
9. À droite se trouve un parc.
10. Prenez la première rue à droite.

A. Sie gehen geradeaus weiter.

B. Hinter der Kreuzung befindet sich eine Kathedrale.

C. Nehmen Sie die erste Straße rechts.

D. Sie verlassen den Bahnhof und überqueren den Platz.

E. Sie gehen weiter bis zur ersten Ampel.

F. Es dauert zehn Minuten.

G. Die Metrostation befindet sich auf der linken Seite.

H. Nehmen Sie das Fahrrad.

I. Rechts befindet sich ein Park.

J. Jetzt stehen Sie vor der Schule.

Notfälle - l´urgence

Vokabeln - pharmacie

La pharmacie [faʀmasi]	Die Apotheke
Le médicament [medikamɑ̃]	Das Medikament
Le mal de tête [maːl də tɛt]	Kopfschmerzen
La toux [tu]	Der Husten
malade [malad]	krank
Le rhume [ʀym]	Der Schnupfen, die Erkältung
Le comprimé [kɔ̃pʀime]	Die Tablette

La douleur [dulœʀ]	Der Schmerz
Comprimé contre la douleur	Schmerzmittel
Le sparadrap [spaʀadʀa]	Das (Heft)pflaster
La peau [po]	Die Haut
Démanger [demɑ̃ʒe]	Jucken
avaler [avale]	schlucken
depuis [dəpɥi]	seit

Sätze

J`ai mal à la tête.
Ich habe Kopfschmerzen

Je suis malade depuis deux jours.
Ich bin seit zwei Tagen krank.

Vous avez qc pour la toux/le rhume?
Haben Sie etwas gegen Husten /Schnupfen?

Mon fils a attrapé un coup de soleil. J`ai besoin d´un **médicament contre la douleur.**
Mein Sohn hat sich einen Sonnenbrand geholt. Ich brauche ein Schmerzmittel.

Vous avalez le médicament trois fois par jour.
Sie schlucken das Medikament dreimal am Tag.

J`ai des difficultés à avaler. Que faire?
Ich habe Schluckbeschwerden. Was soll ich tun?

Ma peau me démange. Qu`est-ce que vous recommandez?
Meine Haut juckt. Was empfehlen Sie?

Avez-vous des comprimés contre le mal de tête?
Haben Sie Kopfschmerztabletten?

J'ai besoin de quelque chose contre la nausée.
Ich brauche etwas gegen Übelkeit.

Übung Nr. 29

Ordnen Sie die Sätze richtig zu.

A. J`ai de la gêne à avaler. Que faire?

B. Mon fils a attrapé un coup de soleil.

C. Je suis malade depuis deux jours

D. J`ai mal à la tête

E. Qu`est-ce que vous me recommandez?

F. Vous avez qc contre la toux/le rhume?

1. Haben Sie etwas gegen Husten/Schnupfen?
2. Ich habe Schluckbeschwerden. Was soll ich tun?
3. Mein Sohn hat sich einen Sonnenbrand geholt.
4. Ich habe Kopfschmerzen
5. Ich bin seit zwei Tagen krank.
6. Was empfehlen Sie?

Notfälle - l´urgence

Vokabeln – le médecin -

Le médecin [medsɛ̃]	Der Arzt / die Ärztin
Le rendez-vous [ʀɑ̃devu]	Der Termin
déjà [deʒa]	schon, bereits
patienter [pasjɑ̃te]	warten
La salle d`attente [[sal datɑ̃t]	Das Wartezimmer
chercher [ʃɛʀʃe]	Suchen
aller chercher	abholen
d'accord [dakɔʀ]	einverstanden
Le cabinet de [kabinɛ də kɔ̃syltasjɔ̃]	Sprechzimmer
s'asseoir [saswaʀ]	Sich (hin)setzen
se passer [pɑse]	geschehen, passieren
Le nez [ne]	Nase
couler	laufen
tout le temps [tu lə tɑ̃]	dauernd
L`ordonnance [ɔʀdɔnɑ̃s] f	Das Rezept
Cachet [kaʃɛ]	Tablette
Le matin [matɛ̃]	Der Morgen
Le soir [swaʀ]	Der Abend
Bon rétablissement [bɔ̃ ʀetablismɑ̃]	Gute Besserung

Sätze

Je voudrais prendre un rendez-vous à quinze heures chez le médecin.
Ich möchte um 3 Uhr einen Arzttermin vereinbaren.

Vous pouvez patienter dans la salle d'attente.
Sie können im Wartezimmer Platz nehmen.

Docteur Maigret va vous chercher.
Dr. Maigret wird Sie abholen.

D'accord, merci.
Einverstanden, danke.

Asseyez-vous. Qu'est-ce qui se passe exactement?
Setzen Sie sich. Was genau ist passiert?

Je ne me sens pas bien. Mon nez coule tout le temps.
Ich fühle mich nicht gut. Meine Nase läuft ständig.

Allongez-vous. Vous avez 39 degrés de fièvre.
Legen Sie sich hin. Sie haben 39 Grad Fieber.

Vous prenez un cachet d`aspirine matin et soir.
Nehmen Sie morgens und abends eine Tablette Aspirin.

Voici votre ordonnance Bon rétablissement.
Hier ist Ihr Rezept. Gute Besserung.

Übung Nr. 30

Beantworten Sie die Fragen.

Beispiel: Vous avez de la fièvre?
Lösung: Oui, vous avez 39 de fièvre.

Vous vous sentez bien?

À quelle heure avez-vous le rendez-vous chez le médecin?

Vous ne prenez pas de médicaments?

Vous allez tout droit au docteur?

Le médecin dit: Voici votre ordonnance. Bonne journée?

Vous avez un coup de soleil?

Notfälle – Polizei

Vokabeln – la police

La police [pɔlis]	Die Polizei
vite [vit]	schnell
rouler [ʀule]	fahren
Les papiers du véhicule [paˈpiːɐ də véhicule veikyl] m	Die Fahrzeugpapiere

descendre [desɑ̃dʀ]	heruntergehen, herunterkommen
retrouver [ʀ(ə)tʀuve]	wiederfinden
décrire [dekʀiʀ]	beschreiben
se calmer [kalme]	sich beruhigen
Je vous en prie	Ich bitte Sie
Le portable [pɔʀtabl]	Das Handy
voler [vɔle]	stehlen
Le pistolet [pistɔlɛ]	Die Pistole
porter plainte [pɔʀte plɛ̃t]	Anzeige erstatten
La blessure [blesyʀ] S	Die Verletzung
aucun(e) [okœ̃, okyn]	kein(e)
Le /la coupable [kupabl]	Der Täter
tirer [tiʀe]	schießen

Sätze

Vous avez roulé trop vite.
Sie sind zu schnell gefahren.

Votre permis à conduire et les papiers du véhicule s'il vous plaît
Ihren Führerschein und die Fahrzeugpapiere bitte.

Descendez de la voiture.
Steigen Sie aus.

Pouvez-vous m'aider à retrouver ma voiture?
Können Sie mir helfen, meinen Wagen wiederzufinden?

Décrivez ce qui s’est passé.
Beschreiben Sie, was passiert ist.

Du calme, je vous en prie, calmez-vous.
Ruhe, bitte beruhigen Sie sich.

Mon portable a été volé. Que dois-je faire?
Mein Handy wurde gestohlen. Was soll ich machen?

L`homme était armé d`un pistolet
Der Mann war mit einer Pistole bewaffnet.

J‘ai aucune blessure
Ich bin nicht verletzt.

Décrivez l‘événement.
Beschreiben Sie den Vorfall.

J`ai eu un accident
Ich hatte einen Unfall.

Ne tirez pas!
Nicht schießen!

Je veux porter plainte contre....
Ich will Anzeige gegen ... erstatten.

J`ai enregistré votre plainte.
Ich habe Ihre Anzeige aufgenommen.

J’ai déjà appelé la police.
Ich habe die Polizei schon gerufen.

La police arrive.
Die Polizei ist unterwegs.

Appeler la police!
Rufen Sie die Polizei!

Übung Nr. 31

Ordnen Sie die französischen Sätze der deutschen Übersetzung zu.

A. Décrivez le coupable.

B. Du calme, je vous en prie. Qu'est-ce que c'est passé?

C. J`ai enregistré votre plainte.

D. Ma voiture a été volée. Je veux porter plainte.

E. Vous avez roulé trop vite. Descendez de la voiture. Votre permis de conduire et les papiers du véhicule s'il vous plaît

F. L`homme était armé d`un pistolet, mais j`ai aucune blessure

G. Ne tirez pas.

1. Mein Auto wurde gestohlen. Ich möchte Anzeige erstatten.
2. Sie sind zu schnell gefahren. Steigen Sie aus. Ihren Führerschein und die Fahrzeugpapiere bitte.
3. Nicht schießen.
4. Bitte beruhigen Sie sich. Was ist passiert?
5. Der Mann war mit einer Pistole bewaffnet, aber ich habe keine Verletzung.
6. Beschreiben Sie den Täter.
7. Ich habe Ihre Anzeige aufgenommen.

Medikamente – les médicaments

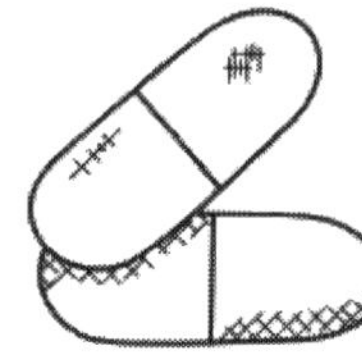

Vokabeln

Le médicament prescrit [medikamɑ̃ pʀɛskʀi]	Verschreibungspflichtiges Medikament
Le médicament non prescrit	rezeptfreie Medikamente
Le médicament contre la diarrhée [djaʀe]	Medikament gegen Durchfall
Le laxatif [laksatif]	Das Abführmittel
Le médicament contre la toux [tu]	Hustenmedikament
Le produit [pʀɔdɥi]	Das Produkt
Produits à base d'herbes [ɛʀb]	pflanzliche Produkte
La capsule [kapsyl]	Die Kapsel
La tablette [tablɛt]	Die (Lutsch)Tablette
Le sirop [siʀo] (med.)	Der Saft (med.)
La crème [kʀɛm]	Die Creme
Le gel [ʒɛl]	Das Gel
La pommade [pɔmad]	Die Salbe
Le suppositoire [sypozitwaʀ]	Das Zäpfchen
Le bâton inhalateur [bɑtɔ inalatœʀ]	Der Inhalierstift
La seringue [s(ə)ʀɛ̃g]	Die Spritze
Le sédatif [sedatif]	Das Beruhigungsmittel
L`analgésique [analʒezik]	Das Schmerzmittel
anti-inflammatoire [ɑ̃tiɛ̃flamatwaʀ] f	Der Entzündungshemmer

L´ insuline [ɛ̃sylin]	Das Insulin
Le mal des transports [mal de tʀɑ̃spɔʀ]	Die Reisekrankheit

Krankheiten – les maladies

Vokabeln

Le mal de tête [ma:l də tɛt]	Die Kopfschmerzen
Le mal de gorge [ma:l də gɔʀʒ]	Die Halsschmerzen
Les maux d'oreilles [mo dɔʀɛj]	Die Ohrenschmerzen
Les maux de ventre [mo də vɑ̃tʀ]	Die Bauchschmerzen
Le mal de dents [ma:l də dɑ̃]	Die Zahnschmerzen
Le mal de reins [ma:l də [ʀɛ̃]	Die Kreuzschmerzen
L`éruption cutanée [eʀypsjɔ̃ kytane] f	Der Hautausschlag
L`allergie [alɛʀʒi]	Die Allergie
La rhume [ʀym]	Die Erkältung, der Schnupfen
La grippe [gʀip]	Die Grippe
La douleur [dulœʀ]	Der Schmerz
La toux [tu]	Der Husten
Les yeux coulent [jɛ kul]	Die Augen tränen
vomir [vɔmiʀ]	sich übergeben
La diarrhée [djaʀe]	Der Durchfall

Sätze

J'ai attrapé un rhume. Mon nez coule. J'ai un "rhume" et je tousse.
Ich habe eine Erkältung. Mir läuft die Nase. Ich habe Schnupfen und Husten.

Je suis malade. J´ai de la fièvre.
Ich bin krank. Ich habe Fieber.

J`ai une allergie aux chats. Mes yeux coulent, J`ai une éruption cutanée. J`ai du mal à respirer.
Ich habe eine Allergie. Meine Augen tränen. Ich habe einen Ausschlag. Ich kann nicht richtig atmen.

Je manque d'énergie, je suis faible et je suis fatigué. Je souffre de vertiges.
Ich habe keine Energie. Ich fühle mich schwach und ich bin müde. Mir ist schwindelig.

J´ai mal au coeur, j`ai vomi. J`ai des maux de ventre et j`ai la diarrhée.
Mir ist übel, ich muss mich übergeben. Ich habe Bauchschmerzen und Durchfall.

Übung Nr. 32

Übersetzen Sie:

Beispiel: meine Augen tränen seit Montag.

Mes yeux coulent depuis lundi.

Herr Doktor, mir ist übel.

Mir ist schwindlig, ich will nichts essen.

____

Ich habe eine Katzenallergie. Ich habe Schwierigkeiten zu atmen.

____

Ich habe einen Ausschlag, die Haut juckt.

____

Meine Tochter hat 39° Fieber, Schnupfen und Husten.

____

Der Unfall – L’accident

Vokabeln

L’urgence [yʀʒɑ̃s] f	Der Notfall
Médecin d´urgence [medsɛ̃ dyʀʒɑ̃s]	Notarzt
L’accident [aksidɑ̃] m	Der Unfall
L´accident de voiture	Der Autounfall
La jambe [ʒɑ̃b]	Das Bein
Le bras [bʀa]	Der Arm
Le genou [ʒ(ə)nu]	Das Knie
tomber [tɔ̃be]	stürzen, fallen
casser [kɑse]	brechen

maintenant [mɛ̃t(ə)nɑ̃]	jetzt
saigner [seɲe]	bluten
bouger [buʒe]	bewegen
La coupure [kupyʀ]	Die Schnittwunde
La plaie [plɛ]	Die Wunde
La peur [pœʀ]	Die Angst
avoir peur	Angst haben
Le dégât matériel [degɑ mateʀjɛl]	Blechschaden

Sätze

Appelez les services d'urgence
Rufen Sie den Notdienst.

Je suis tombé, ma jambe me fait mal.
Ich bin gestürzt, mein Bein tut weh.

J´ai peur qu'elle soit cassée.
Ich fürchte, es ist gebrochen.

Il a une coupure. Maintenant il saigne beaucoup.
Er hat eine Schnittwunde, Jetzt blutet er stark.

J`ai eu un accident de voiture, mon bras est cassé.
Ich hatte einen Autounfall, mein Arm ist gebrochen.

Vous vous sentez bien?
Geht es Ihnen gut?

Il n'y a que des dégâts matériels.
Es ist nur Blechschaden.

Aucune personne blessée.
Niemand ist verletzt.

Je ne peux pas bouger mon genou.
Ich kann mein Knie nicht bewegen.

J'ai besoin d'aide!
Ich brauche Hilfe!

Übung Nr. 33

Vervollständigen Sie den Satz.

Beispiel: Il y a un accident____________ les services d'urgence.

Lösung: Appelez

Aucune personne blessée, il n´y a que des ___________________________

Je suis ______________________ de mon vélo

J´ai une coupure. Je _________________ beaucoup.

Mon genou me fait mal, je ne peux pas ______________________mon genou.

Je suis tombé. Maintenant mon bras me fait mal. _____________ il soit cassé.

Strand und Stadt

Vokabeln
Bank – Banque

La banque [bɑ̃k]	Die Bank
La succursale [sykyʀsal]	Die Filiale
Le compte [kɔ̃t]	Das Konto
Le numéro de compte [nymeʀo də kɔ]	Die Kontonummer
L`argent [aʀʒɑ̃] m	Das Geld
retirer [ʀ(ə)tiʀe]	ausziehen abziehen
retirer de l'argent [ʀ(ə)tiʀe də laʀʒɑ]	Geld abheben
Le distributeur (automatique de billets) [distʀibytœʀ otomatik]	Der Geldautomat
La carte de débit [kaʀt də debi]	Die EC-Karte
L´employé(e) m (f) de banque [ɑ̃plwaje də bɑ̃k]	Bankangestellte/r
Le formulaire [fɔʀmylɛʀ]	Das Formular
signer [siɲe]	unterschreiben

Sätze

Le distributeur (automatique) a retiré ma carte de débit.
Der Geldautomat hat meine EC-Karte eingezogen.

Je voudrais retirer de l´argent.
Ich möchte Geld abheben.

Veuillez saisir votre code secret, s'il vous plaît.
Geben Sie bitte Ihre Geheimzahl ein.

Signez le formulaire s'il vous plaît.
Unterzeichnen Sie bitte das Formular.

Où puis-je retirer de l'argent?
Wo kann ich Geld abheben?

Puis-je utiliser votre distributeur (automatique) de billets avec ma carte?
Kann ich mit meiner Karte Ihr Geldautomat benutzten?

Vokabeln
Post – Poste

La poste [pɔst]	Die Post (das Unternehmen)
Le courrier [kuʀje]	Die Briefpost
Le paquet [pakɛ]	Das Paket
envoyer [ɑ̃vwaje]	verschicken, einreichen
La lettre [lɛtʀ]	Der Brief
Le timbre-(poste) [tɛ̃bʀəpɔst]	Die Briefmarke
acheter [aʃ(ə)te]	kaufen

Sätze

Je veux envoyer le paquet à Cologne, Allemagne. Combien cela coûte-t-il?
Ich möchte das Paket nach Köln Deutschland schicken. Wieviel kostet das?

Je voudrais acheter dix timbres.
Ich möchte zehn Briefmarken kaufen.

Je voudrais envoyer la lettre par avion.
Ich möchte den Brief per Luftpost schicken.

Quand la lettre arrivera-t-elle?
Wann wird der Brief ankommen?

Strand und Stadt

Vokabeln
Sehenswürdigkeiten – Curiosités

La cathédrale [katedʀal]	Die Kathedrale der Dom
L' Église [egliz] f	Die Kirche
Le musée [myze]	Das Museum
La curiosité [kyʀjozite]	Die Sehenswürdigkeit
La capitale [kapital]	Die Hauptstadt
célèbre [selɛbʀ]	berühmt, bekannt
tôt [to]	früh
tôt dans la matinée	früh am Vormittag
populaire [pɔpylɛʀ]	beliebt

Le tableau [tablo]	Das Gemälde
L`excursion [ɛkskyʀsjɔ̃] f	Der Ausflug
Le pont	Die Brücke
La statue	Die Statue
Le parc	Der Park
Le château	Das Schloß
La mairie	Das Rathaus
La tour Eiffel	Der Eiffelturm

Sätze

Les Églises sont pleines de touristes.
Die Kirchen sind voll mit Touristen.

De longues files d´attente se forment.
Es bilden sich lange Warteschlangen.

Achetez vos billets en ligne!
Kaufen Sie Ihre Tickets online.

La Tour Eiffel est l'emblème le plus important de Paris
Der Eiffelturm ist das wichtigste Wahrzeichen von Paris.

La vue est fantastique. De là-haut, on peut voir tout Paris
Die Aussicht ist fantastisch. Von dort oben kann man ganz Paris sehen.

Pour visiter les grandes Églises, il vous faut acheter un ticket.
Um große Kirchen zu besichtigen, müssen Sie ein Ticket kaufen.

Il existe beaucoup de musées dans la ville, mais les plus importants sont ...
Es gibt viele Museen in der Stadt, aber die wichtigsten sind ...

Beaucoup des touristes font une excursion à Versailles.
Viele Touristen machen einen Ausflug nach Versailles.

Où trouver la tour Eiffel?
Wo finde ich den Eiffelturm?

Combien coûte un billet pour visiter [...]?
Wie viel kostet ein Ticket, um [...] zu besichtigen?

Pourriez-vous prendre une photo de nous?
Könnten Sie von uns ein Foto machen?

Y a-t-il un plan de la ville?
Gibt es einen Stadtplan?

Avez-vous des réductions pour les retraités/ étudiants/ élèves?
Haben Sie Ermäßigungen für Rentner/ Studenten/ Schüler?

Quand commence la visite de la ville?
Wann beginnt die Stadtführung?

Avez-vous un guide audio en allemand?
Haben Sie einen Audioführer auf deutsch?

Combien de temps dure la visite de la ville?
Wie lange dauert die Stadtführung?

Strand und Stadt

Vokabeln
Strandpromenade – promenade sur la plage

La promenade [pʀɔm(ə)nad] (de bord de mer)	Die Promenade
Le bord [bɔʀ]	Das Ufer

La mer [mɛʀ]	Das Meer
La boutique [butik]	Das Geschäft
moderne [mɔdɛʀn]	modern
ainsi que [ɛ̃si kə]	so wie
confortable [kɔ̃fɔʀtabl]	bequem, gemütlich
beau [bo] / **belle** [bɛl]	schön
flâner [flɑne]	schlendern
Le bruit [bʀɥi]	Das Geräusch
le bruit de la mer	Das Meeresrauschen
Le goût [gu]	Der Geschmack
La glace [glas]	Das Eis
La fraise [fʀɛz]	Die Erdbeere
varié(e) [vaʀje]	abwechslungsreich
agréable [agʀeabl]	angenehm

Sätze

Vous marchez le long de la promenade.
Sie gehen die Strandpromenade entlang.

Il y a des boutiques modernes ainsi que des cafés confortables.
Es gibt moderne Geschäfte und gemütliche Cafés

À côté de la belle promenade sur la plage, se trouve un grand parc.
Neben der schönen Strandpromenade befindet sich ein großer Park.

Flânez sur la promenade et écoutez le murmurement de la mer
Schlendern Sie auf der Promenade entlang und hören Sie das Meeresrauschen.

Profitez de la vue sur la baie et les falaises
Genießen Sie den Blick über die Bucht und die Felsen.

Marchez des heures entre les dunes et la plage.
Laufen Sie stundenlang zwischen Dünen und Strand

Essayez un nouveau parfum de glace, comme fraise et basilic.
Versuchen Sie eine neue Eissorte, wie Erdbeere mit Basilikum

La promenade est variée et agréable.
Die Promenade ist abwechslungsreich und angenehm.

Où trouver un marchand de glaces?
Wo finde ich eine Eisdiele?

Y a-t-il un bon bar ici?
Gibt es hier eine gute Bar?

Je suis à la recherche de musique live, pouvez-vous m'aider?
Ich bin auf der Suche nach Live-Musik, können Sie mir da helfen?

Y a-t-il un office de tourisme?
Gibt es hier eine Touristeninformation?

Vokabeln
Strand – plage

gratuit(e) [gʀatɥi, ɥit]	kostenlos
La profondeur [pʀɔfɔ̃dœʀ] de l'eau	Die Wassertiefe
La plage [plaʒ]	Der Strand
La mer [mɛʀ]	Das Meer

La vague [vag]	Die Welle
La baie [bɛ]	Die Bucht
Le port [pɔʀ]	Der Hafen
Le sable [sɑbl]	Der Sand
se bronzer [bʀɔ̃ze]	sich sonnen
Le matelas pneumatique [matlɑ [gɔ̃flabl]	Die Luftmatratze
Le parasol [paʀasɔl]	Der Sonnenschirm
Les lunettes [lynɛt] f de soleil	Die Sonnenbrille
Le maillot de bain [majo də bɛ̃]]	Der Badeanzug
Les affaires de bain	Die Badesachen
La méduse [medyz]	Die Qualle
Le poisson [pwasɔ̃]	Der Fisch
La marée [maʀe]	Die Gezeiten
La marée haute	Die Flut
La marée basse	Die Ebbe
vers l'est. [vɛʀ lɛst]	östlich, in östlicher Richtung

Sätze

Le Wifi est gratuit sur la plage.
Am Strand gibt es kostenloses WiFi.

La profondeur de l'eau est de 3 mètres.
Die Wassertiefe beträgt 3 Meter.

Pouvons-nous nous baigner ici en toute sécurité?
Ist es sicher, hier zu schwimmen?

J´aime la mer bleue, les vagues et me faire bronzer.
Ich liebe das blaue Meer, die Wellen und mich zu sonnen.

Il fait très chaud, n`oubliez pas la crème solaire et le parasol.
Es ist sehr heiß, vergessen Sie nicht die Sonnencreme und den Sonnenschirm.

Ici, il n'y a pas de méduses dangereuses mais vous verrez peut-être des poissons.
Hier gibt es keine gefährlichen Quallen aber vielleicht sehen Sie Fische.

La marée haute arrive à six heures,
Die Flut kommt um sechs Uhr.

Nous avons tous les affaires de bain: des lunettes de soleil, le maillot de bain et le matelas pneumatique.
Wir haben alle Badesachen: Sonnenbrille, Badeanzug und Luftmatratze.

La plage de sable blanc se trouve à environ un kilomètre à l'est.
Der weiße Sandstrand liegt etwa einen Kilometer östlich.

Combien coûte la chaise longue de plage?
Wie viel kostet die Strandliege?

Peut-on surfer ici?
Kann man hier surfen?

Où puis-je louer une planche de surf?
Wo kann ich mir ein Surfbrett leihen?

Essen & Trinken – Manger & Boire

Vokabeln
Restaurant suchen – chercher un restaurant

boire [bwaʀ]	trinken
délicieux (-euse) [delisjø, -jøz]	köstlich
Le poisson [pwasɔ̃]	Der Fisch
végétarien(ne) [veʒetaʀjɛ̃, jɛn]	vegetarisch
noble [nɔbl]	edel
servir [sɛʀviʀ]	servieren
Le plat [pla]	Das Gericht
Le meilleur restaurant [mɛjœʀ]	Das beste Restaurant
Il n'y a que...	Es gibt nur...
Le kébab [kebab]	Der Döner
La plupart [plypaʀ] ...	Die meisten
Le bar [baʀ]	Die Bar, die Kneipe
suffire [syfiʀ]	genügen
il vaut mieux de... + Verb	am besten... + Verb

Sätze

Nous cherchons un bon restaurant de poisson.
Wir suchen ein gutes Fischrestaurant.

Est-ce qu`il y a un restaurant végétarien/ végétalien ici?
Gibt es hier ein vegetarisches/ veganes Restaurant?

Il ne doit pas être trop noble. On y sert des plats délicieux et simples?
Es soll nicht zu edel sein, serviert man leckere und einfache Gerichte?

Le meilleur restaurant de la ville c´est ...
Das beste Restaurant in der Stadt ist ...

Pour le fast-food comme kebabs, pizzas, hamburger, il n'y a que
Was Fast Food betrifft – Pizza, Döner, Burger, gibt es nur ...

Où est le restaurant le plus proche?
Wo ist das nächste Restaurant?

La plupart des restaurants sont fermés le lundi.
Die meisten Restaurants haben montags geschlossen.

Un bar nous suffit.
Uns genügt eine Kneipe.

Nous aimons la cuisine régionale.
Wir lieben die regionale Küche.

Le mieux est d`essayer...
Am besten probieren Sie ...

Vokabeln
reservieren - faire une réservation

l´intérieur [ɛ̃teʀjœʀ] m	Das Innere
La terrasse [teʀas]	Die Terrasse

préférer [pʀefeʀe]	vorziehen
seulement [sœlmɑ̃]	nur
attendre [atɑ̃dʀ]	warten
Le moment [mɔmɑ̃]	Der Augenblick
permettre [pɛʀmɛtʀ]	gestatten
noter [nɔte]	aufschreiben
heureux (-euse) [øʀø, -øz]	glücklich
accueillir [akœjiʀ]	empfangen
La table	Der Tisch
Deux personnes	Zwei Personen

Sätze

Je voudrais réserver une table pour demain.
Ich würde gerne für morgen einen Tisch reservieren.

Votre restaurant est très populaire, n´est-ce pas?
Ihr Restaurant ist sehr beliebt, nicht wahr?

Vous préférez une table à l´intérieur ou sur la terrasse?
Möchten Sie lieber drinnen oder auf der Terrasse essen?

A quelle heure voudriez-vous réserver?
Um welche Zeit möchten Sie gerne reservieren?

Une table pour combien de personnes?
Ein Tisch für wieviel Personen?

Seulement pour moi.
Nur für mich.

Attendez un moment, je regarde.
Einen Augenblick, bitte ich schaue nach.

Quel est le nom?
Wie ist der Name?

Je me permets de noter votre numéro de téléphone
Ich erlaube mir, Ihre Telefonnummer zu notieren.

Merci pour votre réservation. nous sommes heureux de vous accueillir
Vielen Dank für Ihre Reservierung. Wir freuen uns auf Sie.

Vokabeln
bestellen - commander

commander [kɔmɑ̃de]	bestellen
La faim [fɛ̃]	Der Hunger
La soif [swaf]	Der Durst
Le repas [ʀ(ə)pɑ]	Die Mahlzeit
au nom de Maier	auf den Namen Maier
s´asseoir [aswaʀ]	sich setzen
là [la]	da, dort
Le serveur [gaʀsɔ̃]	Der Kellner
recommander [kɔ̃seje]	empfehlen
même [mɛm]	identisch
La chose [ʃoz]	Die Sache, das Ding
L'appétit [apeti]`m	Der Appetit

bon appétit	guten Appetit
La santé [sɑ̃te]	Die Gesundheit
à votre santé	auf Ihr Wohl
Le verre [vɛʀ]	Das Glas
Une bièr	Ein Bier

Sätze

Bonjour, avez-vous une table de libre pour deux personnes?
Guten Tag, haben Sie einen Tisch für zwei Personen?

J'ai réservé au nom de Maier.
Ich habe auf den Namen Meier reserviert.

Asseyez-vous là s'il vous plaît,
Nehmen Sie bitte dort Platz.

Garçon s'il vous plaît ...
Herr Ober...

Que nous recommandez-vous?
Was empfehlen Sie?

Que désirez-vous commander?
Was möchten Sie bestellen?

J'aimerais... je voudrais
Ich hätte gerne... ich möchte gerne...

Je vous le recommande vivement.
Das empfehle ich Ihnen sehr.

Je prendrai aussi ...
Ich nehme außerdem ...

Je prendrai la même chose.
Ich nehme das gleiche.

Que désirez-vous boire?
Was möchten Sie trinken?

Pour moi ce sera...
Für mich bitte...

C'est tout pour le moment.
Das ist vorläufig alles.

Bon appétit
Guten Appetit.

À la votre / santé.
Auf Ihr Wohl

Encore un verre s'il vous plaît.
Bitte noch ein Glas.

C'était bon?
War es gut?

C'était délicieux, merci.
Es war köstlich, danke.

Vokabeln – die Speisekarte – le menu

Le menu	die Speisekarte
Le plat [pla]	Das Gericht
La boisson [bwasɔ̃]	Das Getränk
La viande [vjɑ̃d]	Das Fleisch
Le type de viande [tip də vjɑ̃d]]	Die Fleischsorte

Le bœuf [bœf]	Das Rindfleisch
saignant(e) [sɛɲɑ̃, ɑ̃t]	englisch
à point [a pwɛ̃]	medium
bien cuite [bjɛ̃ kɥit]	Gut durchgebraten
La volaille [vɔlɑj]	Das Geflügel(fleisch)
La sauce [sos]	Die Soße
Le poisson [pwasɔ̃]	Der Fisch
La salade verte [salad vɛʀt]	Der grüne Salat
Le plat d´accompagnement [akɔ̃paɲmɑ̃]	Die Beilage
L´entrée [ɑ̃tʀe]	Die Vorspeise
Le dessert [desɛʀ]	Die Nachspeise
Le plat principal [pla pʀɛ̃sipal]	Der Hauptgang
La soupe [sup]	Die Suppe
Les fruits de mer [fʀɥi]	Die Meeresfrüchte
Le vin rouge / le vin blanc [vɛ ʀuʒ / blɑ̃]	Der Rotwein / der Weißwein
L'eau minérale [lo mineʀal]	das Mineralwasser
L´eau minérale sans gaz [lo mineʀal sɑ gɑz]	Das stille Wasser
sans [sɑ̃]	ohne
Le café [kafe]	Der Kaffee
Le gâteau [gɑto]	Der Kuchen

Le lactose [laktoz]	Die Laktose
L´œuf [œf] m	Das Ei

Sätze

Je suis allergique à / aux...
Ich bin allergisch auf ...

Je voudrais la viande saignante / à point / bien cuite.
Ich möchte das Fleisch blutig / medium / durchgebraten.

Pas trop épicé s'il vous plaît.
Nicht zu scharf bitte.

Le poisson est fraîchement pêché.
Der Fisch ist frisch gefangen.

Quel est le plat du jour?
Was ist das Tagesgericht?

Je voudrais quelque chose de végétarien/végétalien.
Ich hätte gerne etwas vegetarisches/ veganes.

Vokabeln – zahlen - payer

L´addition [adisjɔ̃]f	Die Rechnung
payer [peje]	zahlen
L`espèce [ɛspɛs] f	Das Bargeld
payer en espèces.	bar zahlen

La carte bancaire [kaʀt bɑ̃kɛʀ] Die EC-Karte

ensemble [ɑ̃sɑ̃bl] zusammen

séparément [sepaʀemɑ̃] getrennt

Sätze

L'addition s'il vous plaît.
Die Rechnung bitte

C'est moi qui paie.
Ich zahle.

À combien se monte l'addition?
Wie hoch ist die Rechnung?

Service non compris.
Service ist nicht enthalten.

C'est pour vous merci.
Das ist für Sie, danke.

Vous payez ensemble, ou séparément?
Zahlen Sie zusammen oder getrennt?

Vous pouvez payer par carte bancaire ou en espèces.
Sie können mit Karte oder bar zahlen.

Pouvons-nous payer séparément?
Dürfen wir getrennt zahlen?

Vokabeln – sich beschweren – se plaindre

se plaindre [plɛ̃dʀ]	Sich beschweren
s`excuser [ɛkskyz]	Sich entschuldigen
Le problème [pʀɔblɛm]	Das Problem
Le pain [pɛ̃]	Das Brot
sec [sɛk]	trocken
dur [dyʀ]	hart
satisfait(e) [satisfɛ, ɛt]	zufrieden
pas du tout	überhaupt nicht
Le riz [ʀi]	Der Reis
fraîche [fʀɛʃ]	kühl, frisch
recevoir [ʀəs(ə)vwaʀ]	erhalten, bekommen
fade [fad]	fade, geschmacklos
doux [du]	weich, mild schwach
Le sel [sɛl]	Das Salz
Le poivre [pwavʀ]	Der Pfeffer

Sätze

J´ai un problème avec ...
Ich habe ein Problem mit...

La viande n´est pas bien cuite.
Das Fleisch ist nicht richtig durchgebraten.

Le pain est sec et dur.
Das Brot ist trocken und hart.

Vous êtes satisfait de la viande?
Sind Sie mit dem Fleisch zufrieden?

Non, pas du tout.
Nein, überhaupt nicht.

Le riz est trop cuit.
Der Reis ist verkocht.

J`ai commandé une bière fraîche, mais elle est chaude et éventée.
Ich habe ein kaltes Bier bestellt, aber das ist warm und abgestanden.

Excusez-moi, vous allez en avoir une autre.
Entschuldigen Sie. Sie bekommen ein neues.

Le café est un peu trop léger.
Der Kaffee ist etwas zu schwach.

Pouvez-vous m'apporter du sel et du poivre, s'il vous plaît? La soupe est fade.
Können Sie mir Salz und Pfeffer bringen. Die Suppe ist fad.

Vokabeln – Cafe – café

souhaiter [swete]	wünschen
Le glaçon [glasɔ̃]	Der Eiswürfel
aussi [osi]	auch
Le litre [litʀ]	Der Liter
La paille [bʀɛ̃ də pɑj]	Der Strohhalm
Je préfère boire...	Ich trinke am liebsten...
Le jus d`orange frais [ʒy dɔʀɑ̃ʒ fʀɛ]	Ein frisch gepresster Orangensaft
possible [pɔsibl]	möglich
certainement [sɛʀtɛnmɑ̃]	gewiss, sicherlich
proposer [pʀɔpoze]	anbieten
mieux [mjø]	besser
J´aime mieux... que	Ich mag.... lieber als...
Le thé [te]	Der Tee
La variété [vaʀjete]	Die Auswahl

Sätze

Salut, que souhaitez-vous?
Hallo, was darf´s sein?

Salut, j´aimerais un coca avec des glaçons.
Hallo, ich hätte gerne eine Cola mit Eiswürfeln.

0,3 litre ou 0,5 litre?
0,3 oder 0,5 Liter?

Pour moi aussi s`il vous plaît.
Für mich auch bitte.

Avec une paille. Je préfère boire le coca avec une paille.
Mit einem Strohhalm, ich trinke das Cola am liebsten durch einen Strohhalm.

Un grand verre de jus d`orange fraîchement pressé, s`il vous plaît.
Ein großes Glas frisch gepresster Orangensaft, bitte.

J´aimerais un Ice Tea. C´est possible?
Ich hätte gerne einen Eistee. Ist das möglich?

Certainement. Notre café propose du Lipton Ice Tea.
Gewiss. Unser Café führt Lipton Eistee.

J´aime mieux le cappuccino au café.
Ich mag Cappuccino lieber als Kaffe.

Nous avons une grande variété de thés délicats.
Wir haben eine große Auswahl köstlicher Tees.

Vokabeln – Bar – bar

La bière [bjɛʀ]	Das Bier
Le whisky [wiski]	Der Whisky
Le whisky pur malt [wiski pyʀ malt]	Der Malt-Whisky
se saouler [sule] à ...	sich mit ... betrinken

Le long drink	Der Longdrink
L`alcool [alkɔl] m	Der Alkohol
La boisson [bwasɔ̃]	Das Getränk
Des boissons sans alcool	alkoholfreie Getränke
Le barman [baʀman]	Der Barkeeper
Le tabouret de bar [tabuʀɛ]	Der Barhocker
Le bar	Die Theke
Le gin [dʒin]	Der Gin
Le gin tonic	Der Gin Tonic
Le rhum [ʀɔm]	Der Rum
Le rhum avec coca	Die Rum-Cola
La vodka avec du jus d´orange	Der Wodka mit Orangensaft
Un whisky double [dubl]	Ein doppelter Whisky

Vokabeln – Bäckerei - boulangerie

À la boulangerie	In der Bäckerei
La boulangerie [bulɑ̃ʒʀi]	Die Bäckerei
Le pain [pɛ̃]	Das Brot
La baguette [bagɛt]	Das Baguette
le petit pain [p(ə)ti pɛ]	Das Brötchen, die Semmel

Le croissant [kʀwasɑ̃]	Das Croissant
Le pain au chocolat [[pɛ̃] o ʃɔkɔla]	Das Schoko-Croissant
La brioche [bʀijɔʃ]	Das Brioche
Le gâteau [gɑto]	Der Kuchen
Une part [paʀ] **de gâteau**	Ein Stück Kuchen
Le bretzel [bʀɛtzɛl]	Die Brezel
Le sandwich au jambon [sɑ̃dwitʃ o ʒɑ̃bɔ̃]	Das Schinkensandwich
Le sandwich au fromage [sɑ̃dwitʃ o fʀɔmaʒ]	Das Käsesandwich
Il a l´air bon.	Er schaut lecker aus.
tendre [tɑ̃dʀ]	zart
fine [fin]	fein
crémeux (-euse) [kʀemø, -øz]	cremig, sahnig

haben
J'ai
Tu as
Il, elle, on a
Nous avons,
Vous avez
Ils ont

Sätze

Qu'est-ce qu'il y a à la boulangerie?
Was gibt es in der Bäckerei?

Bonjour vous désirez?
Guten Tag, was wünschen Sie?

Je voudrais un pain et une baguette s'il vous plaît.
Ich hätte gerne ein Brot und ein Baguette.

Nous ~~ne~~ avons pas mangé

Voilà et avec ceci?
Bitte schön und was noch?

Ce sera tout. Ça fait combien?
Das wäre alles. Wieviel macht das?

Ça vous fait 5 euros.
Das macht 5 Euro.

Un moment, je voudrais autre chose. Le gâteau! Il a l'air délicieux.
Einen Moment, ich möchte noch etwas. Der Kuchen! Schaut der lecker aus.

Oui, le gâteau est très tendre, fine et crémeux. Voulez-vous une part?
Ja, der Kuchen ist sehr zart, fein und cremig. Möchten Sie ein Stück?

Oui, je prendrai deux parts.
Ja, ich nehme zwei Stück.

Voilà, le ticket et votre monnaie. Vous avez besoin d´un sac?
Hier, der Kassenbon und Ihr Wechselgeld. Brauchen Sie eine Tüte?

Non, ça va merci.
Nein, das geht, danke.

Sport machen – faire du sport

Vokabeln – Fußball - football

Le joueur [ʒwœʀ]	Der Spieler
La joueuse [ʒwøz]	Die Spielerin
L´arbitre [aʀbitʀ] m/f	Der / die Schiedsrichter/in
L´hors-jeu [´ɔʀʒø]	Das Abseits
connaître [kɔnɛtʀ]	kennen, wissen

Le match [matʃ] **de football**	Das Fußballspiel
Le coup-franc [ku- fʀɑ̃]	Der Freistoß
siffler [sifle]	pfeifen
Le carton rouge [kaʀtɔ ʀuʒ]	Die rote Karte
pénalty [penalti]	Elfmeter, Strafstoß
La défense [defɑ̃s]	Die Verteidigung
L´attaquant [atakɑ̃]	Der Stürmer
Le gardien [gaʀdjɛ̃] **de but**	Der Torwart
La mi-temps [mitɑ̃]	Die Halbzeit
La prolongation [pʀɔlɔ̃gasjɔ̃]	Die Verlängerung
Le match nul [nyl]	Das Unentschieden
Le corner [kɔʀne]	Der Eckball
ardemment [aʀdamɑ̃]	sehnlichst
désirer [deziʀe]	wünschen
tellement [tɛlmɑ̃]	so sehr, dermaßen
Le football [futbol]	Der Fußball
Le but [by(t)]	Das Tor
L´équipe [ekip]	Die Mannschaft

Sätze

Tu as regardé le match?
Hast du das Spiel angesehen?

L'arbitre a sifflé un coup de franc.
Der Schiedsrichter hat einen Freistoß gepfiffen.

L'arbitre a sorti le carton rouge.
Der Schiedsrichter hat die rote Karte gezeigt.

L'arbitre a sifflé un penalty.
Der Schiedsrichter hat einen Elfmeter gepfiffen.

Les joueurs se sont séparés sur un match nul.
Die Spieler haben sich unentschieden getrennt.

Ronaldo peut tirer le corner directement dans le but du gardien Neuer.
Ronaldo kann den Eckball direkt in Torwart Neuers Tor schießen.

Qui connaît le hors-jeu?
Was ist ein Abseits?

La défense de l'équipe est fantastique.
Die Verteidigung der Mannschaft ist fantastisch.

Il fait tellement chaud que tous les joueurs aspirent à la mi-temps.
Es ist so heiß, alle Spieler sehnen sich nach der Halbzeit.

C'était une faute évidente.
Das war ein klares Foul.

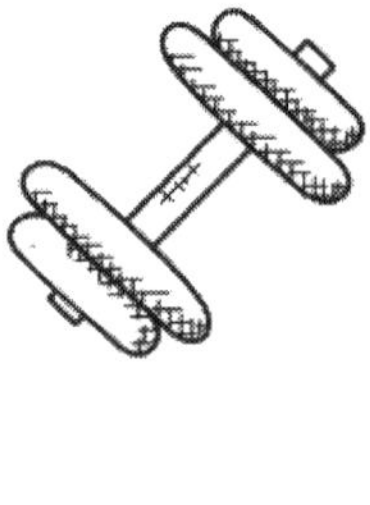

Vokabeln – Fitnessstudio – centre de fitness

centre de fitness	Das Fitnessstudio
Fréquenter le club de fitness	Das Fitnessstudio besuchen

bien équipé	Gut ausgestattet
Le tapis roulant [tapi ʀulɑ̃]	Das Laufband
L´entraîneur de fitness [ɑ̃tʀɛnœʀ də fitnɛs]	Der Fitnesstrainer
s'entraîner [ɑ̃tʀene]	trainieren
La question [kɛstjɔ̃]	Die Frage
La musculation [myskylasjɔ̃]	Das Muskeltraining
Le corps [kɔʀ]	Der Körper
équiper [ekipe]	ausrüsten, ausstatten
L´appareil [apaʀɛj]	Das Gerät, der Apparat
également [egalmɑ̃]	ebenso
Le visiteur [vizitœʀ]	Der Gast
Le vélo d'appartement [velo dapaʀtəmɑ̃]	Das Ergometer
Le poids [pwɑ]	Gewicht
de manière ciblée [fasɔ sible]	zielgerichtete Art und Weise
La surveillance [syʀvɛjɑ̃s]	Die Aufsicht
L´instructeur [ɛ̃stʀyktœʀ, -tʀis] m	Der Ausbilder
améliorer [ameljɔʀe]	verbessern
Le banc de musculation	Die Hantelbank
Les haltères courts	Die Kurzhanteln

Sätze

Le centre de fitness est équipé d'appareils ultramodernes et dispose également d'un sauna.
Das Fitnessstudio ist mit modernsten Geräten ausgestattet und verfügt auch über eine Sauna.

Je veux m'entraîner en tant que visiteur.
Ich möchte als Gast trainieren.

Vous préférez prendre un cours ou vous entraîner avec des appareils.
Möchten Sie lieber einen Kurs machen oder Gerätetraining?

Il y a des vélos d'appartement, des tapis roulants, des poids et des appareils de musculation pour tout le corps
Es gibt Ergometer, Laufbänder, Gewichte und Geräte zum Trainieren des ganzen Körpers.

Voulez-vous améliorer votre santé, perdre du poids ou vous entraîner de façon ciblée?
Möchten Sie Ihre Gesundheit verbessern, Gewicht verlieren oder ganz gezielt trainieren?

Je suis heureux de vous accueillir ici au nom du club.
Ich freue mich, Sie im Namen des Clubs begrüßen zu dürfen.

J'espère que vous êtes satisfait de notre club.
Ich hoffe, Sie sind mit unserem Club zufrieden.

La surveillance de nos entraîneurs vous permet de tirer le meilleur parti de votre entraînement et de votre potentiel.
Die Aufsicht unserer Trainer ermöglicht es Ihnen, aus Ihrem Training und Ihrem Potential das Beste herauszuholen.

Vokabeln – Radfahren – faire du vélo

Le vélo [velo]	Das Fahrrad
Le vélo électrique [velo elɛktʀik]	Das E-Bike
Location de vélos électriques	E-Bike Verleih
La randonnée [ʀɑ̃dɔne] à vélo	Die Fahrradstrecke
La piste cyclable [pistsiklabl]	Der Fahrradweg
raide [ʀɛd]	steil
convenir [kɔ̃vniʀ]	passen, geeignet sein.
peu élevé (Gelände)	flach
vendre [vɑ̃dʀ]	verkaufen
La pompe [pɔ̃p] à vélo	Die Fahrradpumpe

Sätze

Une grande randonnée à vélo de 40 km s'étend autour de Bonvillaret.
Eine große Fahrradtour von 40 Kilometern erstreckt sich um Bonvillaret.

Est-il facile de rouler à vélo de la plage à l´hôtel?
Ist es einfach, vom Strand zum Hotel zu radeln?

Non, le chemin est raide et ne convient pas aux enfants.
Nein der Weg ist steil und nicht für Kinder geeignet.

J'ai un pneu crevé. Vendez-vous des pompes à air?
Ich habe einen Platten. Verkaufen Sie Luftpumpen?

Où puis-je louer un vélo?
Wo kann ich mir ein Fahrrad leihen?

Freizeit und Unterhaltung – Loisirs et distraction

Vokabeln

Konzert – concert

concert [kɔ̃sɛʀ]	Konzert
assister [asiste] à	anwesend sein (bei)
assister à un concert.	Ein Konzert besuchen
L`orchestre [ɔʀkɛstʀ] m	Das Konzert
Le/la musicien(ne) [myzisjɛ̃, jɛn]	Der / die Musiker(in)
L`œuvre [œvʀ] f	Das Werk
Le, la chanteur (-euse) [ʃɑ̃tœʀ, -øz]	Der / die Sänger(in)
interpréter [ɛ̃tɛʀpʀete]	interpretieren, darstellen
se produire [pʀɔdɥiʀ]	auftreten
régulièrement [ʀegyljɛrmɑ̃]	regelmäßig

Sätze

L’orchestre de jazz “Nouvelle Cuisine” donnera un concert.
Das Jazz-Orchester “Nouvelle Cuisine” wird ein Konzert geben.

Les musiciens jouent des œuvres de Chopin et de Grieg:
Die Musiker spielen Werke von Chopin und Grieg.

Vous êtes assis au premier rang.
Sie sitzen in der ersten Reihe.

La chanteuse acclamée interprète les chansons.
Die gefeierte Sängerin singt Lieder.

Des musiciens locaux se produisent régulièrement dans des petits clubs.
Örtliche Musiker treten regelmäßig in kleinen Clubs auf.

Combien de temps dure le concert?
Wie lange geht das Konzert?

Quel est le prix d'un billet de concert?
Wie teuer ist ein Konzertticket?

Où a lieu le concert?
Wo findet das Konzert statt?

Vokabeln
Kino – cinéma-

Le cinéma [sinema]	Das Kino
Le dessin animé [desɛ anime]	Der Zeichentrickfilm
Le film [film]	Der Film
La saveur [savœʀ]	Der Geschmack
Le sous-titre [sutitʀ]	Der Untertitel
présenter [pʀezɑ̃te]	zeigen, vorführen
La matinée [matine]	Die Nachmittagsvorstellung
Le / la spectateur (-trice) [spɛktatœʀ, -tʀis]	Der / die Besucher(-in)
La salle [sal]	Der Saal
Popcorn	Popcorn
Nachos	Nachos

Sätze

Nous voulons aller au cinéma avec toute la famille.
Wir möchte mit der ganzen Familie ins Kino gehen.

Le dessin animé convient aux enfants de 3 ans et plus.
Der Zeichentrickfilm ist für Kinder ab 3 Jahren geeignet.

Le pop-corn frais et chaud, est disponible dans les saveurs les plus diverses.
Frisches und warmes Popcorn gibt es in den verschiedensten Geschmacksrichtungen.

Notre petit cinéma présente des films de cinéastes indépendants. En français avec des sous-titres.
Unser kleines Kino zeigt Filme unabhängiger Filmemacher. Auf Französisch mit Untertiteln.

Dans l'après-midi il n'y a pas beaucoup de spectateurs.
In der Nachmittagsvorstellung sind nicht viele Besucher

Le cinéma compte sept salles. Il présente tous les films du classiques au blockbuster.
Das Kino hat sieben Säle. Sie zeigen alles vom Klassiker bis zum Blockbuster.

Je voudrais un pop-corn de taille moyenne et un coca light.
Ich hätte gerne ein mittelgroßes Popcorn und eine Cola-light.

Vokabeln – Museum – musée

Le musée [myze]	Das Museum
détester [detɛste]	hassen
mortellement [mɔʀtɛlmɑ̃]	tödlich
ennuyeux (-euse) [ɑ̃nɥijø,	langweilig

mortellement ennuyeux	sterbenslangweilig
absolument [apsɔlymɑ̃]	ganz, vollkommen
impressionner [ɛ̃pʀesjɔne]	beeindrucken
L´artiste [aʀtist]	Der / die Künstler(-in)
contemporain(e) [kɔ̃tɑ̃pɔʀɛ̃, ɛn]	zeitgenössisch
fantastique [fɑ̃tastik]	fantastisch
temporaire [tɑ̃pɔʀɛʀ]	befristet
s'agir [aʒiʀ]	sich handeln um...
Le fragment [fʀagmɑ̃]	Bruchstück, Teil
incompréhensible [ɛ̃kɔ̃pʀeɑ̃sibl]	unverständlich
La sculpture [skyltyʀ]	Die Skulptur
La toile [twal]	Das Gemälde

Sätze

Je déteste les musées. Ils sont mortellement ennuyeux.
Ich hasse Museen, sie sind sterbenslangweilig.

Cela n'est absolument pas vrai. La Fondation Louis Vuitton est très impressionnante.
Das stimmt überhaupt nicht. Die Fondation Louis Vuitton ist äußerst beeindruckend.

Des expositions fantastiques d'artistes contemporains, toujours des expositions temporaires.
Fantastische Ausstellungen zeitgenössischer Künstler, immer Sonderausstellungen.

Il ne s'agit pas ici des vitrines avec des fragments énigmatiques. Des sculptures, des toiles et des installations. La Fondation Louis Vuitton offre tout ce que tu peux attendre d'un musée vraiment moderne.
Es handelt sich nicht um Vitrinen mit rätselhaften Fragmenten. Skulpturen, Gemälde und Installationen - Fondation Louis Vuitton bietet alles, was du von einem modernen Museum erwarten kannst.

Puis-je prendre des photos avec le flash?
Darf ich Fotos mit Blitz machen?

Quelles sont les expositions que vous proposez actuellement?
Welche Ausstellungen bieten Sie momentan an?

Qu'est-ce qu'il y a à voir chez vous?
Was gibt es bei Ihnen zu sehen?

Votre musée est-il également intéressant pour les enfants?
Ist Ihr Museum auch für Kinder interessant?

Feiern gehen – faire la fête

Vokabeln
ansprechen und kennenlernen – aborder et connaître-

vivre [vivʀ]	leben
La coiffure [kwafyʀ]	Die Frisur
Le /la Français(e) [fʀɑ̃sɛ, ɛz]	Der Franzose / die Französin
L'étudiant(e) [etydjɑ̃, jɑ̃t]	Der / die Student(-in)
passer [pɑse]	verbringen, vorbeigehen oder -fahren
Les vacances [vakɑ̃s] f	Die Ferien
maintenant [mɛ̃t(ə)nɑ̃]	Jetzt, zurzeit

choisir [ʃwaziʀ]	wählen, entscheiden
parce que [paʀskə]	weil
La musicalité [myzikalite]	Der Klang
habiter [abite]	wohnen
La colocation [kolɔkasjɔ̃]	Die Wohngemeinschaft
Le club	Der Club
La fête	Die Party

Sätze

Salut, je m`appelle Christiane et ta coiffure est géniale.
Hallo, ich heiße Christiane und deine Frisur ist toll.

Salut, merci! Je suis Chantal. Tu viens d'où?
Hallo, danke! Ich bin Chantal. Woher kommst du?

Je suis Anglaise. Je vis à Brighton.
Ich bin Engländerin. Ich lebe in Brighton.

Moi, je suis française. Je suis étudiante en mathématiques. Tu passes tes vacances ici?
Ich bin Französin. Ich bin Mathematikstudentin. Verbringst du hier deine Ferien?

Non, actuellement je travaille dans un restaurant. J´ai choisi de venir en France, pour apprendre le français. J`aime la musicalité de la langue.
Nein, zurzeit arbeite ich in einem Restaurant. Ich habe beschossen ach Frankreich zu gehen, um französisch zu lernen. Ich liebe den Klang der Sprache.

Où habites-tu?
Wo wohnst du?

J'habite en colocation avec quatre Anglais.
Ich wohne mit vier Engländern in einer WG.

Bienvenue à Paris.
Willkommen in Paris.

Quel est ton métier?
Was machst du beruflich?

Envie de sortir en boîte ce soir?
Lust heute zusammen in Klub zu gehen?

À quelle fête vas-tu ce soir?
Auf welche Party gehst du heute Abend noch?

Vokabeln – flirten – flirter

flirter [flœʀte]	flirten
Ils avaient quelque chose ensemble.	Sie hatten etwas miteinander.
avoir le béguin pour qn [begɛ̃]	verknallt sein (ugs)
flasher [flaʃe]	blitzen
flasher sur qn	auf jmd. abfahren (ugs.)
Le coup de foudre	Die Liebe auf den ersten Blick
joindre [ʒwɛ̃dʀ]	verbinden
toucher [tuʃe]	berühren
mon / ma chéri(e) [ʃeʀi]	Mein(-e) Liebste (-)r
Mon / ma chou(te) [ʃu, ʃut]	Mein Schnuckelchen

se prendre un râteau [ʀɑto]	sich einen Korb holen (ugs.)
Beauté	Schönheit

Sätze

J´ai le béguin pour toi.
Ich bin ein bisschen verknallt in dich.

J´avais flashé sur elle.
Ich war verknallt in sie (ugs.)

J´ai eu un coup de foudre pour lui
Ich habe mich auf den ersten Blick in ihn verliebt.

Je peux me joindre à vous?
Kann ich mich setzen?

Tu as envie de danser?	Hast du Lust zu tanzen?
Je peux vous offrir un verre?	Darf ich ihnen etwas zu trinken anbieten?
Veux-tu qu'on se revoie?	Würdest du dich gerne noch mal treffen?
Je suis tombé amoureux de toi.	Ich habe mich in dich verliebt.
Tu as du feu?	Hast du Feuer?
Tu étudies?	Studierst du?
Tu as un beau sourire.	Du hast ein schönes lächeln.
Tu as de beaux yeux.	Du hast schöne Augen.
Je suis à toi.	Ich gehöre dir.
Je ne suis pas intéressé	Ich bin nicht interessiert.
Ne me touche pas.	Fass mich nicht an.

Shopping – shopping

Vokabeln
Supermarkt – supermarché

Le shop[p]ing [ʃɔpiŋ]	Der Einkaufsbummel
Les fruits [fʀɥi]	Das Obst
Le marché [maʀʃe]	Der Markt
Le marché des boissons	Der Getränkemarkt
Le produit de marque [pʀɔdɥi də maʀk]	Das Markenprodukt
Les aliments frais [alimɑ̃]	Die frischen Lebensmittel
Les aliments emballés [alimɑ ɑ̃bale]	Die abgepackten Lebensmittel
La boucherie [buʃʀi]	Die Metzgerei
Les aliments surgelés [syʀʒəle]	Die Tiefkühlware
La boîte de conserve [bwat də kɔ̃sɛʀv]	Die Konservendose
Les produits laitiers [letje]	Die Milchprodukte
Le rayon frais [ʀɛjɔ fʀɛ̃]	Das Kühlregal
Le fromage [fʀɔmaʒ]	Der Käse
La saucisse [sosis]	Die Wurst
Le légume [legym]	Das Gemüse
La nouille [nuj]	Die Nudel
Le magasin bien achalandé [aʃalɑ̃de]	Ein gut sortiertes Geschäft

Le / la végétalien(ne) [veʒetaljɛ̃, jɛn]	Der / die Veganer (-in)
Le caddi	Der Einkaufswagen
La caisse	Die Kasse

Sätze

Dans un supermarché bien achalandé vous pouvez acheter presque tout.
In einem gut sortierten Supermarkt können Sie fast alles kaufen.

De la viande, du poisson frais, des légumes et des fruits.
Fleisch, frischen Fisch, Gemüse und Obst.

Pour les végétariens, il y a des produits laitiers dans le rayon frais: du beurre, du lait ou du fromage.
Für Vegetarier gibt es Milchprodukte im Kühlregal: Butter, Milch oder Käse

Vous êtes végétalien? Pas de problème. Choisissez entre une grande variété de légumes ou de fruits. Du riz, des nouilles – plus des aliments emballés ou surgelés.
Sie sind Veganer? Kein Problem. Wählen Sie unter einer großen Auswahl von Gemüse oder Ost. Reis, Nudeln – plus verpackte oder tiefgefrorene Lebensmittel.

Où trouver le rayon saucisses?
Wo finde ich die Wurstabteilung?

Vous avez un substitut du lait?
Haben Sie einen Milchersatz?

Je ne trouve pas les bananes.
Ich kann die Bananen nicht finden.

Proposez-vous des allume-barbecue?
Bieten Sie Grillanzünder an?

Où puis-je trouver le charbon de bois pour barbecue?
Wo finde ich die Grillkohle?

Vokabeln – Souvenir - souvenir

Le souvenir [suv(ə)niʀ]	Die Erinnerung
Le petit cadeau [kado]	Das Mitbringsel (das kleine Geschenk)
Un T-Shirt spécialement imprimé	Ein speziell bedrucktes T-Shirt
fabriqué en Chine	Made in China
La peluche [p(ə)lyʃ]	Das Stofftier
adorable [adɔʀabl]	niedlich
L'aimant [ɛmɑ̃]	Der Magnet
rappeler [ʀap(ə)le]	erinnern
La pièce unique [pjɛs ynik]	Das Unikat

Sätze

Dans les centres touristiques vous trouverez beaucoup de souvenirs.
In den Touristenzentren finden Sie viele Souvenirs.

Il y a de nombreuses idées pour faire un cadeau original.
Es gibt zahlreiche Ideen für ein originelles Geschenk.

Choisissez une peluche adorable ou un-T-Shirt spécialement imprimé - ces choses ne sont pas chères.
Suchen Sie sich ein süßes Stofftier aus oder ein originell bedrucktes T-Shirt - diese Dinge sind nicht teuer.

Un aimant avec la tour Eiffel vous rappelle la France.
Ein Magnet mit dem Eiffelturm erinnert Sie an Frankreich.

Peut-être préférez-vous une pièce unique d`un artiste français.
Vielleicht mögen Sie lieber ein Unikat eines französischen Künstlers?

Je cherche une carte postale de Paris, vous avez quelque chose comme ça?
Ich suche nach einer Postkarte von Paris, haben Sie so-etwas?

Vokabeln - Schmuck – bijou

Le bijou [biʒu]	Der Schmuck
Le pendentif [pɑ̃dɑ̃tif]	Der Anhänger
La broche [bʀɔʃ]	Die Brosche
Le bouton de manchette [butɔ də mɑ̃ʃɛt]	Der Manschettenknopf
Le bracelet [bʀaslɛ]	das Armband
La pierre précieuse [pjɛʀ pʀesjøz]	Der Edelstein
Le collier [kɔlje]	Die Halskette
La montre [mɔ̃tʀ]	Die Uhr
L´alliance [aljɑ̃s]	Der Ehering
en or [ɔʀ]	golden
en argent [aʀʒɑ̃]	silbern

Sätze

Je voudrais ce collier, combien coûte-t-il?
Ich hätte gerne diese Kette, wie viel kostet die?

Avez-vous aussi des bagues en vente?
Haben Sie auch Ringe im Angebot?

La chaîne est en or et coûte ... euro.
Die Kette ist aus Gold und kostet ... Euro.

Pour 5 euros de moins, je le prendrai.
Für fünf Euro weniger, würde ich es nehmen.

Je trouve cette bague très belle.
Ich finde diesen Ring sehr schön.

Je suis à la recherche d'un collier/bracelet, avez-vous quelque chose pour moi?'
Ich bin auf der Suche nach einem Halsband/ Armband, haben Sie da was für mich?

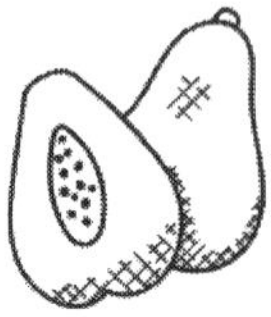

Vokabeln – der Markt – le marché

Le marché [maʀʃe]	Der Markt
La pomme [pɔm]	Der Apfel
La poire [pwaʀ]	Die Birne
La cerise [s(ə)ʀiz]	Die Kirsche
La courgette [kuʀʒɛt]	Die Zucchini
Le brocoli [bʀɔkɔli]	Der Brokkoli
La pomme de terre [pɔm də tɛʀ]	Die Kartoffel

Le kilo [kilo]	Das Kilo
Le livre [livʀ]	Das Pfund
Le marché aux puces [maʀʃe o pys]	Der Flohmarkt
Le vêtement [vɛtmɑ̃]	Das Kleidungsstück

Sätze

Au marché
Auf dem Markt.

Qu'est qu'il y a au marché?
Was gibt es auf dem Markt?

Est-ce qu'il y a un marché aux puces dans cette ville?
Gibt es hier einen Flohmarkt?

Oui, il y en a un tous les samedis matins.
Ja, es gibt hier jeden Samstagmorgen einen.

Qu'est-ce qu'on peut trouver?
Was gibt es dort?

De tout. Des vêtements, de la vaisselle, des livres, des meubles.
Alles. Kleidung, Geschirr, Bücher, Möbel.

Même des vieux disques?
Sogar alte Schallplatten?

Bonjour, je cherche une lampe des années 50.
Guten Tag, ich suche eine Lampe aus den 50er Jahren.

Jusqu'à quand le marché reste-t-il ouvert?
Bis wann bleibt der Markt offen?

Où acheter des fruits locaux?
Wo kann ich lokaes Obst kaufen?

Combien ça coûte?
Wie viel kostet das?

Bonjour, combien coûte un kilo de pommes de terre?
Hallo, wie teuer ist ein Kilo Kartoffeln?

Les cerises ont l'air bonnes, j'en voudrais deux paquets.
Die Kirschen sehen gut aus, davon hätte ich gerne 2 Packungen.

Vokabelübungen der Alltagssituationen Nr. 34

Bitte nennen Sie den französischen Begriff:

Das Schinkensandwich
unterschreiben
auch
Die Liebe auf den ersten Blick
Die Wohngemeinschaft
Das Muskeltraining
Der Untertitel
Der Musiker
beeindrucken
Der Flohmarkt
Der Fahrradweg
bar zahlen
identisch
vorziehen
Die Fleischsorte
genügen
früh am Vormittag
Der Käse
Das Stofftier
pfeifen

Lösungen der Übungsaufgaben

Lösung: Nr. 1
Tu es, vous allez, il va, on est, elles ont, tu vas, elles sont, on a, je suis, tu as, ils vont.

Lösung: Nr. 2
On fait, elles font, il fait, vous faites, nous faisons, elle fait, je fais, tu fais, ils font

Lösung: Nr. 3
je pars, elle part, elles partent, elles sortent, ils dorment, je dors, je sors, on sort, vous dormez, vous partez, il dort

Lösung: Nr. 4
Elle choisit, elles choisissent, elles réfléchissent, ils réfléchissent, je réfléchis, je réussis, je finis, J’obéis, tu obéis, Il obéit, ils grandissent

Lösung. Nr. 5
tu regardes, tu adores, j’adore, nous écoutons, vous habitez, ils regardent, j´habite,-j’écoute, on marche, on adore, vous regardez

Lösung: Nr. 6
tu peux, tu veux, on veut, nous pouvons, vous voulez, ils peuvent, je veux, je peux, elles veulent, on peut, ils veulent.

Lösung: Nr. 7
J´entends, elle vend, elles rendent, elles entendent, ils rendent, je vends, on vend, il entend, vous entendez, nous rendons

Lösung: Nr. 8
Je ne mange pas une baguette, Je n´écoute pas une chanson, il ne fait pas du cheval, Elle n‘a pas une chatte, elles ne vont pas à Paris, ils ne peuvent pas chanter, on ne veut pas visiter Paris, nous ne sommes pas de Lyon, vous ne mangez plus, il ne peut jamais lire, il ne voit personne, tu ne bois rien.

Lösung: Nr. 9
J´ai dansé, Tu as mangé, Vous avez mangé, on a fini, Elles sont parties, Il a dansé, nous sommes partis, Je suis monté, Ils ont parlé, Elle est sorti, J´ai chanté,

Lösung: Nr. 10
Onze, cinq, vingt-trois, cinquante-cinq, neuf, trente-six, quarante-et-un, cent, quatre-vingt-dix-neuf, soixante-douze.

Lösung: Nr. 11
Il y a du vent.
IL neige. Il fait froid.
Le soleil brille, il fait chaud.
La température est de 15 degrés Celsius.
Il y a du soleil dehors?
Il y a de l`orage dehors?
Il pleut, la température est de 12 degrés Celsius.
Quel temps fait-il aujourd'hui? Il y a de la pluie.
Il fait doux.
Oh la neige, il tombe de la neige.

Lösung: Nr. 12
Il est trois heures dix-sept, Il est une heure vingt, Il est quatre heures une, Il est neuf heures dix, Il est dix-huit heures vingt.
Il est deux heures et demie, Il est trois heures et quart, il est vingt-deux heures moins le quart, il est minuit et demie, il est six heures moins le quart, il est midi et demie.

Lösung: Nr. 13
des jeans noirs, une jupe violette, un chemin blanc, une robe orange, une chaussure blanche, une veste bleue, les chaussettes grises, les –t-shirts jaunes, Le gant marron, Une jupe noire.

Lösung: Nr. 14
Voici ma soeur. Il est mon frère. Ce sont mes soeurs. Ma mère s'appelle Manon. Mon père a trente-six ans. Mes parents ont trois enfants. J´ai une soeur et un frère. Ma grand-mère s'appelle Mathilda. Voici mon mari. Voici ma femme.

Lösung: Nr. 15
Salut, Pierre. Bonsoir Madame, bonsoir Monsieur. À plus tard Pierre. Salut Nadine. Coucou. À bientôt. À demain.

Lösung: Nr. 16
"Je m'appelle Claude Rive. J'ai 19 ans, je suis étudiant."
"Salut Claude. Je m'appelle Nadine Arte. Je suis âgé de 20 ans. Je viens de Lyon".

"Ah, je viens de Paris. Ce sont mon père et ma mère."
"Je suis enchantée de faire votre connaissance. "

Lösung: Nr. 17
"Merci Claude. Comme ci comme ça. Et toi?"
"Moi, je vais très bien. "

Lösung: Nr. 18
1. Qui parle? 2. Qui regarde un film? 3. Qui travaille pour l`école? 4. Qui écoute? 5. Que fait Lucie? 6. Tu habites où? 7. Tu travailles où? 8. Tu es où? 9. Nous sommes où?

Lösung: Nr. 19
1. T'inquiète. 2. Je vais bien merci. 3. Je suis désolé. 4. Ne fais pas ça. 5. Comment ça ce fait?

Lösung: Nr. 20
1.le prix, 2. permis, 3. réservoir, 4. éraflure, 5. voudrais, 6. roue.

Lösung: Nr. 21
Falsch, falsch, falsch, richtig, falsch

Lösung: Nr. 22
1. richtig 2. richtig 3. falsch 4. falsch 5. richtig 6. falsch 7. richtig

Lösung: Nr. 23
A. climatisation B. ouvrir C. carte d'accès D. bruyante E. nettoyez F. incorrecte G. Couverture H. réclamation

Lösung: Nr. 24
1.Voudrais 2. double 3. reçu 4. salle bains 5. complets 6. ascenseur 7. en bas 8. tarifs 9. étage 10. où

Lösung: Nr. 25
Que peut-on voir à proximité du camping?
Les chiens ne sont pas autorisés.
Pouvez-vous me prêter votre lampe de poche?
On voudrait un emplacement avec le branchement électrique.
Le forfait, c´est 20 euros.
La douche n´est pas incluse.
Quand débutera la réservation des emplacements de camping?
Est-ce qu`il y a une épicerie?
Votre emplacement est le deuxième à gauche.
On paie pour une nuit.

Lösung: Nr. 26
1D, 2E, 3F, 4J, 5C, 6A, 7G, 8H, 9B, 10I

Lösung: Nr. 27

1. Ce n'est pas vrai. Vous arrivez quand vous voulez.
2. Ce n'est pas vrai. Il faut absolument voir la tour Eiffel.
3. C´est vrai, l´auberge est accessible jour et nuit.
4. C´est ne pas vrai. Je veux découvrir Paris.
5. Ce n'est pas vrai. Ils disent bonsoir. Bienvenue.

Lösung Nr. 28
1-D, 2-G, 3-A, 4-E, 5-H,6-F,7-B, 8-J, 9-I, 10-C

Lösung Nr. 29
A-2, B-3, C-5, D-4, E-6, F-1

Lösung Nr. 30
Non, vous ne vous sentez pas bien.
Vous avez le rendez-vous chez le médecin à quinze heures.
Non, vous prenez un cachet d`aspirine matin et soir.
Non, vous patientez dans la salle d'attente.
Le docteur dit: Bon rétablissement.
Non, votre nez coule tout le temps.

Lösung Nr. 31
A-6, B-4, C-7, D-1, E-2, F-5, G-3.

Lösung Nr. 32
Monsieur le docteur, j´ai mal au cœur.
Je souffre de vertiges. Je ne veux rien manger.
J`ai une allergie aux chats. J´ai du mal à respirer.
J`ai une éruption cutanée. La peau démange.
Ma fille a 39° de fièvre, du rhume et de la toux.

Lösung Nr. 33

1. dégâts matériels, 2. tombé, 3. saigne, 4. bouger.5. J´ai peur qu'

Vokabelübungen – Lösungen Nr. 34

Le sandwich au jambon
signer
aussi
Le coup de foudre
La colocation
La musculation
Le sous-titre
Le musicien
impressionner
Le marché aux puces
La piste cyclable
payer en espèces
même
Préférer
Le type de viande
suffire
tôt dans la matinée
Le fromage
La peluche
siffler

Audiodateien

Haben Sie Probleme mit den QR-Codes? Dann verwenden Sie den folgenden Link. Dieser leitet Sie direkt zu den Audiodateien dieses Buches weiter. Einfach in Ihren Browser eingeben und darauf achten mit dem Internet verbunden zu sein:

https://bit.ly/3G9X7Vz

Viel Spaß und viel Erfolg beim Lernen der Aussprache!

Schlussworte

Zunächst einmal ein großes Dankeschön, an alle, die an dem Buch mitgearbeitet haben!

Natürlich auch an Sie liebe(r) LeserIn, dass Sie sich für unser Buch entschieden haben. Wir hoffen das Buch hat oder wird Ihnen beim Lernen der neuen Sprache helfen und Ihre Reise erleichtern. Das würde uns freuen!

Hat Ihnen das Buch gefallen und hat es Ihnen geholfen? Dann teilen Sie gerne Ihre Erfahrung mit anderen Interessenten und Lesern in Form einer **Rezension auf Amazon.** Dies unterstützt weitere Menschen auf ihrem Weg diese Sprache zu erlernen und sich bestens auf ihren Urlaub vorzubereiten. Wir danken Ihnen sehr!

Gerne können Sie uns auch eine E-Mail senden, falls Sie mögliche Fehler oder ähnliches entdeckt haben, sodass diese Fehler natürlich schnellstens behoben werden können. Verbesserungsvorschläge sind immer gut.

Erreichen können Sie uns unter folgender E-Mail-Adresse:

info@tj-verlag.de

Vielen Dank und viel Spaß beim Französisch sprechen!

Quellenverzeichnis

https://www.youtube.com/c/EinfachFranz%C3%B6sisch

https://www.youtube.com/channel/UCj89pdgRRBiSw5INZuljORA

https://de.pons.com/

https://apprendre.tv5monde.com/de/aides/aussprache-das-franzoesische-h

https://www.youtube.com/watch?v=KuALpZP2Iwc

https://www.youtube.com/watch?v=AhCnrFOQAi4

https://www.youtube.com/watch?v=tWM0Ty0-uz4

https://www.youtube.com/channel/UCj89pdgRRBiSw5INZuljORA

https://www.youtube.com/c/Streberfabrik/search?query=franz%C3%B6sisch

https://www.youtube.com/channel/UCwEq38wq55Nk_Wj40bmFd4g

https://www.youtube.com/channel/UCebUV_Bv8CojVbPo0BfLK0w

https://www.youtube.com/channel/UCIh60hfsoW0CMQiJRojfjuA/search?query=franz%C3%B6sisch

https://www.sprachheld.de/grundwortschatz-franzoesisch-wichtigste-vokabeln/

https://www.youtube.com/channel/UC77U6nxEqQJ6UXLkEze6Ong

https://www.youtube.com/channel/UCE7lY2lgsqBJaeYgYNUh3qw

https://www.youtube.com/watch?v=O-l2lbiqu9o

https://www.youtube.com/watch?v=ya3LIFUw-Oo

Impressum & Rechtliches

Herausgeber:

Timo Jäger

Hachmannweg 6

33104 Paderborn

ISBN: 978-3-00-071583-9

Buchsatz und Layout:

Marcello Szlamar / www.mc-productions.at

Umschlaggestaltung:

Sprudelkopf Design – Jasmin Raif, www.sprudelkoepfe.com

unter Verwendung folgender Motive der Plattform iStockphoto.com: ©Givaga

Weitere Bilder im Buch:

Icons: Eiffelturm, Frankreich, palm-tree, notebook-and-pencil, Aussprache, Camping, Frage designed by Freepik from Flaticon www.flaticon.com

Icons: Checkliste, Croissant, Straßenkarte, Besteck, erste-hilfe-kasten, shopping-cart, Kalender, tea, kapseln, heart-shape, Wanduhr, Cash, Hantel, faq, Avocado, Kopfhörer, Klappe, Ohrringe, Flugzeug, Sirene designed by Creative Stall Premium from Flaticon www.flaticon.com

Icon: Hotelglocke designed by Eight Black Dots from Flaticon www.flaticon.com

Icon: Lautsprecher designed by smashingstocks from Flaticon www.flaticon.com

Icon: Eiffelturm designed by Pixel perfect from Flaticon www.flaticon.com

Printed in Poland
by Amazon Fulfillment
Poland Sp. z o.o., Wrocław

18927280R00113